Friedhelm König

Anders als gedacht

Friedhelm König

Anders als gedacht

Christliche Schriftenverbreitung
Postfach 10 01 53, 42490 Hückeswagen

Die Bibelstellen sind nach der im gleichen Verlag erschienenen „Elberfelder Übersetzung“ (Edition CSV Hückeswagen) angeführt.

4. erweiterte Auflage 2012 (71.-100. Tsd.)

Umschlaggestaltung: Christliche Schriftenverbreitung
Satz und Layout: Christliche Schriftenverbreitung
Druck: BasseDruck, Hagen
ISBN: 978-3-89287-604-5

www.csv-verlag.de

Inhalt

Wer bietet mehr?

Der Zeiger der großen Wanduhr geht und geht nicht weiter. Um 11 Uhr soll die Versteigerung beginnen – und der Saal in dem mondänen Hotel ist seit über einer Stunde voll besetzt. Einige sind froh, in den Gängen stehen zu dürfen. Denn schon lange lässt man keinen mehr herein.

Noch wenige Minuten. Dann wird sich die schwere Flügeltür öffnen – und die Auktion wertvoller Gemälde kann beginnen. Die Gespräche der Kunstsammler und Vertreter der Museen verstummen. Unheimliche Stille und knisternde Spannung machen sich breit. –

Endlich! Zwei schick uniformierte Hoteldiener halten die Tür weit auf. Und der Auktionator mit einer dicken Mappe unter dem Arm und zwei Assistentinnen treten ein.

Heute ist ein besonderes Ereignis. Sonst wären nicht Gemäldeliebhaber aus aller Welt erschienen. Der Besitzer der einzigartigen Sammlung war kürzlich verstorben. Er und sein Sohn hatten Kunstwerke von Picasso bis Raphael erworben. Millionenwerte – ein fast unschätzbares Vermögen.

Der Sohn wurde im Vietnamkrieg getötet, während er einem anderen das Leben rettete. Etwa einen Monat später besucht ein junger Soldat den Vater: „Sir, ich bin der, für den Ihr Sohn sein Leben gab. Viele hat er gerettet, bis eine Granate ihn schwer verletzte und er verblutete. Oft hat er mir von Ihnen und Ihrer gemeinsamen Liebe zur Kunst erzählt." Der Vater will vieles von ihm wissen. Doch bevor er dazu kommt, fährt der junge Mann fort: „Hier in diesem Paket habe ich ein Bild von Ihrem Sohn, das ich in Vietnam gemalt habe. Ich bin kein großer Künstler. Aber ich denke, Ihr Sohn hätte gewünscht, dass Sie es bekommen." – Als der Vater das Paket öffnet, hält er staunend das Porträt seines Sohnes in Händen. Er ist tief ergriffen. Es ist kein Meisterwerk. Aber der junge Soldat hatte die liebevollen Gesichtszüge seines Sohnes genau getroffen. So bekam dieses Bild einen Ehrenplatz in der väterlichen Ranch. Nur wenige Monate später starb der Vater.

Und nun ist es so weit. Die Versteigerung der wertvollen Sammlung kann beginnen. Unter den Ausstellungsstücken ist auch das Bild des Sohnes. Der Auktionator begrüßt die Versammelten und eröffnet die Versteigerung mit den Worten: „Wir werden mit dem Porträt des Sohnes anfangen. Wer bietet zuerst für dies Gemälde?" – Schweigen. – Peinliches Schweigen. – Niemand will bieten. Da schallt eine laute Stimme aus dem Publikum: „Wir sind gekommen, um die berühmten Gemälde zu kaufen. Überspringen Sie dies Porträt. Fangen Sie endlich an!" Doch der Auktionator besteht auf der Reihenfolge: „Wer bietet für dieses Bild? Bedenken Sie, es ist ein Bild des Sohnes."

Von weit hinten im Saal hört man eine zaghafte Stimme. Es ist der Gärtner der Ranch. „Ich biete 100 Dollar für das Gemälde." Das war das Äußerste, was er aufbringen konnte. Die Köpfe drehen sich zu ihm. Der Verkäufer fährt fort: „100 Dollar sind geboten. Wer bietet mehr?" – „Geben Sie es ihm, dann können wir zur Sache kommen." Aber der Auktionator zögert noch. Im Saal wird es unruhig. Man regt sich auf. Dann endlich: „100 Dollar zum Ersten, 100 Dollar zum Zweiten – und 100 Dollar zum Dritten." Der Hammer fällt. Das Bild des Sohnes gehört dem Gärtner.

Zweihundert Köpfe – ein Gedanke: Endlich kann es losgehen! – Der Versteigerer richtet sich kerzengerade auf und ruft in die Menge: „Die Versteigerung ist beendet!" – Wie? Was? – „Ja, die Versteigerung ist zu Ende. Als mir der Auftrag für diese Auktion erteilt wurde, hatte mir der Anwalt eine Klausel im Testament des Vaters mitgeteilt. Es war mir nicht erlaubt, diese Verfügung vor dem Verkauf des Bildes des Sohnes bekannt zu geben. Die Klausel lautet: Wer das Bild meines Sohnes ersteigert, erbt mein ganzes Vermögen einschließlich aller Gemälde. Wer meinen Sohn ‚aufnimmt', erbt alles!"

Kennst du das „Testament" Gottes? – Hör einmal, was Er dir darin mitteilt: „Wer den Sohn hat, hat das Leben; wer den Sohn Gottes nicht hat, hat das Leben nicht" (1. Johannes 5,12). Darauf kommt es an: Ihn zu haben. Dazu muss man Jesus in sein Leben, sein Herz, aufnehmen. „So viele ihn aber aufnahmen, denen gab er das Recht, Kinder Gottes zu werden, denen, die an seinen Namen glauben" (Johannes 1,12). Was du zu tun hast? Rufe den heiligen Gott an: „Meine Schuld trennt mich von dir. Ich bereue sie zutiefst. In deinem Sohn Jesus Christus ist allein Vergebung und Heil zu finden. Ihn möchte ich in mein Leben aufnehmen, jetzt und für immer." –

Wer den Sohn aufnimmt, erbt alles! Wer bietet mehr als Er?

Ein aufregender Spruch

Das Gebiet um Dillenburg in Hessen mit seinem tief in den Westerwald eingeschnittenen Tal der Dill war einst ein bekanntes Bergbaugebiet. Bergmannsarbeit – das bedeutete große Gefahr und hartes Brot – zumal die Erzstollen nicht so ergiebig waren wie im benachbarten Siegerland. Bis heute ist Dillenburg, die alte Oranierstadt mit ihrer bereits um 1200 erwähnten ersten Burg und den weitläufigen Kasematten, Zentrum der Metallindustrie.

Von einem dieser meist kleinen oder mittelständischen Betriebe soll eine besondere Begebenheit berichtet werden. Zunächst sei erwähnt, dass sich im Dillenburger Land schon früh die gute Botschaft des Evangeliums ausbreitete und – oft von einfachen Bergleuten ausgehend – viele frohe Zeugen den großen Namen Jesu Christi verkündeten. Bis heute wird dort das Evangelium verbreitet.

Kommt der Besucher in einen bestimmten Betrieb, so fällt ihm über der Tür ein in großen Buchstaben geschriebener, schön gerahmter Spruch auf. Er lautet:

„Denn das Wort vom Kreuz
ist denen, die verloren gehen, Torheit;
uns aber, die wir errettet werden,
ist es Gottes Kraft.“ 1. Korinther 1,18

WAS IST ES FÜR DICH?

Dieser Spruch tut nun schon seit vielen Jahrzehnten seinen stillen Dienst. Wie kam es dazu? Im Jahr 1938 – vom „1000-jährigen Reich“ waren gerade 5 Jahre vergangen – kommt ein Bibel- und Buchverkäufer ins Haus und bietet auch gerahmte Wandsprüche an. Das Wort aus 1. Korinther 1, Vers 18 wird ausgesucht. Auf ausdrücklichen Wunsch des Betriebsinhabers wird der Nachsatz „WAS IST ES FÜR DICH?“ hinzugefügt.

Bald hängt der Wandspruch über der Bürotür, die zum Betrieb hineinführt. Und kein Besucher ist an ihm vorbeigekommen, ohne dieses Gotteswort und die daran anschließende Frage zu lesen, um sich selbst die Antwort darauf zu geben. Oft hat der Spruch Anlass zu ernsten Gesprächen geboten. Und für manche ist er wie ein Erkennungszeichen gewesen, weil sie die Gotteskraft des Kreuzes selbst erlebt haben.

Aber wo Gottes Wort bezeugt wird, gibt es auch Widerstand. Denn für viele – damals wie heute – ist das Wort vom Kreuz lästig, ja verhasst. Bei den damaligen Machthabern war es nicht anders. Der Spruch hängt noch nicht lange über der Tür, da erscheint selbstbewusst ein Uniformierter. Sehr energisch gibt er den Befehl, den Wandspruch sofort abzuhängen. Der Betriebsinhaber gibt ihm ebenso entschieden zur Antwort: „Mit meiner Hand kommt er nicht von der Wand –

wenn Sie sich die Finger daran verbrennen wollen, dann ist das Ihre Sache!" Der eben noch so forsche Mann verstummt und lässt sich nicht mehr blicken.

Bald überzieht ein furchtbarer Krieg unser Land. Bombenhagel und Zerstörung machen auch vor dem Dillenburger Land nicht Halt. Und so wird auch der Betrieb unseres Freundes in einen Trümmerhaufen verwandelt. – Doch mitten in den Ruinen ist ein Wunder zu sehen. Unglaublicher Anblick! Zwischen all den Trümmern hängt an dem stehen gebliebenen Mauerstück über der ehemaligen Tür der große Wandspruch mit seinen stattlichen Maßen von 140 cm Länge und 40 cm Höhe. Der schöne Goldrahmen und selbst das Glas sind völlig unversehrt! Ringsum Schutt und Zerstörung und in der mächtigen, 60 cm breiten Mauer ein riesiges Loch, das die Gewalt der Bombenexplosion ahnen lässt. Gott aber hat darüber gewacht, dass selbst in diesem Trümmerfeld das Wort vom Kreuz seine eindrucksvolle Predigt hält – so, als wäre der Spruch soeben erst aufgehängt worden.

Der Betrieb wird wieder aufgebaut. Der Spruch behält seinen alten Platz. Und als später ein neues Betriebsgebäude bezogen wird, hängt er wieder über der Tür und redet, prüft und fragt bis heute immer noch alle, die kommen und gehen. Und durch diesen kurzen Bericht fragt er auch dich. – Wie lautet deine Antwort?

Zu Risiken und Nebenwirkungen

„Ich bin nun wirklich kein Hypochonder!“

„Kein was …?“

„Kein Hypochonder! Das ist kein Seeungeheuer, aber wenn du es genau wissen willst …“

„Schon gut, ich schlage selbst mal nach.“

Also den Wahrig, Lexikon der deutschen Sprache, her.

„Hier: Hypochonder, jemand, der an Hypochondrie leidet. – Damit bin ich genau so schlau wie vorher. – Mal sehen, was der Brockhaus sagt. Da steht: Hypochonder, jemand, der an Hypochondrie leidet. Das kommt mir bekannt vor. Immerhin, der Hypochonder leidet, aber an was nur? Jetzt endlich zu Hypochondrie: übertriebene Neigung, seinen Gesundheitszustand zu beobachten; zwanghafte Angst vor Erkrankungen; Einbildung des Erkranktseins begleitet von Trübsinn.“

Das wär’s also. Aber auch ganz schön schlimm. Und automatisch taucht die Frage auf, ob nicht jeder des Lesens und Schreibens Kundige fast zwangsläufig zum Hypochonder wird. Besonders, wenn es an das Studium der Risiken und Nebenwirkungen geht. Denn dass mir meine Blutdruckpille – ein Winzling von der Größe eines Reiskorns – Sehstörungen, Haarausfall, Tinnitus und akutes Nierenversagen bescheren kann, hätte ich ihr wirklich nicht zugetraut. Somit fängt das Überlebenstraining schon beim Lesen des Beipackzettels an.

Wissen ist Macht. Und deshalb versorgt uns der Apotheker großzügig mit Gratisheften, die regelmäßig die neusten Hinweise zur Ankurbelung der Pharmabranche unters Volk bringen. Da ist alles zu finden: über Krampfadern und Gürtelrose, Sodbrennen und Herzstolpern. Und dann jede Menge Empfehlungen für Präparate, die ohne Verschreibung über die Theke gehen, wie Vitamine und andere Ergänzungsmittel.

Überhaupt Vitamine! Die gönnen wir uns natürlich. Die tägliche Ein-Gramm-Bombe mit A-B-C-D-E soll uns abschirmen. Gegen alles. Dachten wir. Aber was lesen meine durch zu viel Vitamin A getrübten Augen? Wer regelmäßig Vitamin E in der üblichen Konzentration schluckt, bewirkt damit so gut wie nichts, außer dass er ernste Herzprobleme bekommen kann. So will es die Hopkins-Universität in Baltimore nach großen Studien herausgefunden haben. Und Vitamin C? Nur ja kein Gramm zu viel, mit Rücksicht auf die Nieren und so weiter …

Aber Zink! Ja, Zink, das ist das Mittel der Wahl, besonders wenn es um Erkältungen und die Ankurbelung des Immunsystems geht. Dachte ich. Nun lese ich von Untersuchungen der Universität Berkeley, dass Patienten, die Zink schlucken, genauso lange husten und niesen wie die, denen man ein Placebo gibt, das ist so eine Art Gummibärchen der Medizin.

So gehe ich unter dem Trommelfeuer der widerstreitenden Informationen allmählich in die Knie. Dort meldet sich übrigens ein erster ziehender Schmerz. Meniskus? Arthrose? Rheuma? Und was ist zu tun? Ein Gelenkschmieren-Präparat? Oder Apfelessig? Grüner Tee? Ein oder zwei Liter am Tag? Oder doch besser Melkfett und dann Gymnastik? Vielleicht morgens und abends einen Teelöffel Muschel-Extrakt? Oder nur ein Heizkissen oder gar einen Eisbeutel? Ach, dass es mir keiner sagen kann!

Kürzlich habe ich wieder gestaunt. Da machte ein Rezept über ein neues Wundermittel die Runde: ein Sud aus 30 Knoblauchzehen und fünf Zitronen. Soll gegen alles gut sein und garantiert nicht schaden. Selbst eine soziale Vereinsamung nach dem Genuss dieses Gebräus soll nicht eintreten. Die Mischung macht's. Also denn: zum Wohl!

Aber eins ist bei dieser Dauerlektüre am schlimmsten: Man erfährt von Krankheiten und Bedrohungen, von denen man bisher noch nie gehört hat. Nein, Rinderwahnsinn und Vogelgrippe meine ich nicht. Die sind ja in aller Munde. Sondern ganz Unerwartetes steht plötzlich schwarz auf weiß vor einem. So las ich neulich die unheimliche Frage: Wie gefährlich sind menschliche Bisse? Was für ein Schock! Daran hatte ich noch nie gedacht. Aber jetzt ist die Frage da und schreit nach Antwort. Und die kriegt man. Und man staunt. Denn, o Schreck, in der Biss- Statistik stehen menschliche Bisse nach denen von Hund und Katze an dritter Stelle. Und sollen besonders gefährlich sein. Dass Ordnungshüter gebissen werden können, kann ich mir noch vorstellen. Aber dass auch Zahnärzte gefährdet sind, war mir neu. Mein Zahnarzt sei auf alle Fälle schon mal vorgewarnt.

Mein Fazit: Man sollte einfach damit aufhören, ständig derartige Lektüre zu verschlingen. Denn die Sucht nach Gesundheit ist auch eine Krankheit. Sind wir nicht doch schon alle Hypochonder? –

Aber vielleicht findest du die Überlegungen, die wir angestellt haben, trotzdem ein wenig lustig. Auch gut, denn Spaß ist nicht verboten. Und Typen, die zum Lachen in den Keller gehen, finden wir gar nicht toll.

Doch eigentlich hat alles einen sehr ernsten Hintergrund. Und das soll dir deutlich werden: Denn das Problem deiner Gesundheit ist mit dem Tag deines Todes ein für allemal erledigt. Aber das Problem deiner Sünde ist mit dem Tag deines Todes nicht erledigt. Im Gegenteil: Dann wird deine Sünde für dich zum Problem. Denn wer hier durch die Sünde von Gott getrennt war, der wird auch in Zukunft von Gott getrennt sein. Und von Gott getrennt und gestraft sein – das ist die Hölle.

Darüber nachzudenken ist überlebenswichtig. Jesus sagt es sehr deutlich in der Bergpredigt: „Lieber mit einem Auge im Himmel als mit zwei Augen in der Hölle." Oder: „Es ist besser für dich, dass du als Krüppel in das Leben eingehst, als dass du mit zwei Händen zur Hölle fährst" (vgl. Matthäus 5,29-30).

Pfarrer Wilhelm Busch erzählt in einem Buch von einem Bergmann, der infolge eines Steinschlags querschnittgelähmt wurde und fortan sein Leben im Rollstuhl zubringen musste. Einst war er ein ausgelassener Spötter. Und dann traf ihn dieser Schlag. Aber er verstand die ernste Sprache Gottes und erlebte eine echte Umkehr. Trotz seiner schweren Verletzung und Behinderung wurde er ein froher Christ und bekannte rundheraus, dass er seine vergangenen Tage nicht zurücksehnte. Er saß lieber gelähmt im Rollstuhl mit Jesus, als mit gesunden Gliedern ohne Jesus weiter auf dem Weg ins Verderben zu rennen. Der hatte es erfasst: Ein geheiltes Gewissen ist wichtiger als gesunde Knochen, und der Friede mit Gott ist mehr wert als alles.

Da berichtet die Bibel eine merkwürdige Begebenheit: Vier Männer tragen einen fünften herbei, der gelähmt auf einem Bett liegt. Und weil sie wegen der vielen Menschen nicht an Jesus herankommen können, hieven sie ihn aufs Dach, brechen es auf und lassen ihn herab, direkt vor die Füße des Heilands. Durch ihren Glauben beeindruckt, sagt er zu dem Gelähmten: „Kind, deine Sünden sind vergeben“ (Markus 2,5).

War das nicht eine seltsame Äußerung? Nein, denn Jesus demonstriert an dem Mann, dass der Friede mit Gott mehr wert ist, als gesund herumzulaufen. Jesus sieht mehr als die bloßen Symptome. Denn Krankheit war von Gott nicht gewollt, sondern ist eine Folge der Sünde. Er sieht die Ursache. Und er will nicht den Körper heilen und die Seele heillos lassen. Er will nicht das zeitliche Befinden erleichtern, ohne den ewigen Zustand zu ändern. Deshalb sagt er: „Deine Sünden sind vergeben.“ Von nun an hatte der Gelähmte die Sicherheit der Vergebung. Diese Gewissheit bekommen alle, die an ihn glauben.

Die anwesenden Schriftgelehrten hörten das mit großem Unwillen. „Und Jesus spricht zu ihnen: Was überlegt ihr dies in euren Herzen? Was ist leichter, zu dem Gelähmten zu sagen: Deine Sünden sind vergeben, oder zu sagen: Steh auf, nimm dein Bett auf und geh umher? Damit ihr aber wisst, dass der Sohn des Menschen Gewalt hat, auf der Erde Sünden zu vergeben – spricht er zu dem Gelähmten: Ich sage dir, steh auf, nimm dein Bett auf und geh in dein Haus. Und er stand auf, nahm sogleich das Bett auf und ging hinaus vor allen, so dass alle außer sich gerieten und Gott verherrlichten und sagten: Niemals haben wir so etwas gesehen!“ (Markus 2,8-12).

Welch eine Begebenheit! Erst kommt der Mann als ein an Leib und Seele Gelähmter auf seiner Matratze durch das Dach ins Haus, jetzt marschiert er mit der Matratze unterm Arm und von Schuld und Sünde befreit zur Haustür hinaus.

Ja, bei Jesus Christus, dem Heiland von Leib und Seele, gibt es keine Risiken, dafür aber großartige Wirkungen. Jede echte Begegnung mit ihm führt immer zu dem Hauptergebnis: Vergebung der Sünden. Denn Sünde, das ist unser großes Problem. Wenn du sie loswerden willst, dann komm zu ihm!

Baedekers „Reiseführer zum Himmel“

Viel Betrieb und Hallo. Messetrubel auf der Internationalen Tourismus-Börse in Berlin. Aussteller aus aller Welt werben mit Hochglanz-Prospekten und bunten Videos. Alles ist zu haben: Berge und Seen, die Sehenswürdigkeiten von San Francisco und Schanghai und der süße Traum unter Palmen auf weißem Sand am azurblauen Meer.

Und der Messebesucher gibt klar zu verstehen: Er will hinaus in die Ferne. Er ist bereit, an vielem zu sparen, aber nicht am Urlaub. Werbeschriften durchblättern, Ziel aussuchen, buchen – und ab aus dem grauen Alltagsstress. Über den Wolken muss die Freiheit grenzenlos sein, die Freiheit des Reisens, die große Sehnsucht …

Wir alle sind auf der Reise. Nicht nur die Urlaubsfans, auch die Zuhausegebliebenen. Unsere Reise hat begonnen, und sie hat ein Ziel. Aber welches?

Für jede ordentlich geplante Reise, und wenn es nur eine Skitour ist, braucht man eine Tourenkarte und ein zuverlässiges Reisehandbuch. Denn alles soll gut verlaufen und nicht nach dem Motto: mit dem Lift in die Berge – und dem Rettungshubschrauber zurück – oder gar Schlimmeres.

Die wohl bekanntesten Reiseführer sind die von Baedeker. Sie sind an ihrem roten Einband leicht zu erkennen und sind nicht nur nützlich, sondern auch begehrte Sammelobjekte. Denn es gibt sie seit bald 200 Jahren.

Schon 1827 erwirbt Karl Baedeker in Koblenz einen Verlag für Reisehandbücher. Seit jener Zeit baut der tüchtige Buchhändler sein Geschäft zum führenden Spezialverlag für die Länder Europas, Asiens und Nordamerikas aus. Der Verlag hat seinen Sitz in Leipzig, später in Freiburg, wo er 1984 vom Verlag Langenscheidt übernommen wird. Außerdem gibt es in Ostfildern bei Stuttgart den nach dem Gründer benannten Karl Baedeker Verlag, eine selbstständige Tochterfirma, die vor allem Städte- und Autoführer herausgibt. Kurz und gut – der Name Baedeker hat einen guten Klang und ist weit und breit bekannt.

Ein besonderer Baedeker ist Dr. Friedrich Wilhelm Baedeker. Er ist ein Vetter des Firmengründers und stammt wie er aus derselben angesehenen Buchhändler- und Gelehrtenfamilie. 1823 erblickt er als Sohn des Naturforschers und Ornithologen Baedeker in Witten an der Ruhr das Licht der Welt. Er ist der Baedeker schlechthin, wie ich meine. Nicht nur deshalb, weil er für besonders abgelegene Länder Beiträge für Baedekers Reisehandbücher verfasste. Was ich damit sagen will, geht aus seinem Lebenslauf hervor.

Nach dem Studium der Philosophie in Bonn und Freiburg, das er mit der Doktorwürde abschließt, beginnt er als junger Mann seine Forschungsreisen. Damals war jede Fernreise ein gefährliches Abenteuer. So geht er in London an Bord eines französischen Dreimasters und segelt nach Tasmanien, eine große Insel südöstlich von Australien. Die waghalsige Überfahrt dauert länger als vier Monate. Zwei Jahre bleibt er dort, zunächst als Lehrer für Französisch und Deutsch, segelt schließlich weiter nach Melbourne und durchzieht den fünften Kontinent kreuz und quer. Dann geht es über Kap Horn wieder nach Europa bis nach Le Havre. Hier fährt er mit einem Dampfer die Seine aufwärts bis nach Paris, um von dort aus endlich einmal wieder sein Vaterhaus in Witten zu besuchen. Wenig später finden wir ihn zu Gast bei Freunden in Canterbury, dann in Weston-super-Mare, wo er britischer Staatsbürger wird.

Hier in Weston-super-Mare kommt es zur entscheidenden Wende in Dr. Baedekers Leben. Ein Freund lädt ihn zum Besuch einer Evangelisation ein. Schon nach dem ersten Vortrag wird sein Interesse, mehr noch sein Gewissen wach. Er kommt wieder – und das Wunder der Gnade geschieht. Er bekennt Gott seine Sünden und seine Gleichgültigkeit. Bei diesem Wendepunkt spielt sich in seinem Innersten ein Vorgang ab, durch den sein jahrelanger Unglaube für immer verschwindet. Er nimmt Christus als seinen Heiland und Herrn auf, und Freude erfüllt sein Herz. Die Erfahrung dieser denkwürdigen Nacht fasst er selbst treffend in die Worte: „Ich kam hinein als ein stolzer deutscher Ungläubiger und heraus als ein gedemütigter, gläubiger Jünger des Herrn Jesus. Gott sei gepriesen!"

Seine Frau, die sich genau wie er ganz dem weltlichen Treiben hingab, sieht staunend die völlige Veränderung ihres Mannes. Sie bewundert seine entschiedene Treue, im Glauben voranzukommen. Schließlich begleitet sie ihn zu einem der Vorträge und wird errettet. So empfangen beide denselben Glauben an ihren Erlöser und damit die felsenfeste Gewissheit: Wir sind von dem sicheren Weg in die Hölle auf den Weg zum ewigen Leben in Herrlichkeit gelangt. Und so fühlen sie sich gemeinsam gedrungen, von nun an ihr Leben der Verbreitung der frohen Botschaft zu widmen. Dr. Baedeker wird zu einem unermüdlichen Verkündiger des Evangeliums und einem eifrigen Verbreiter der Bibel, die ein einzigartiger Reiseführer ist, der „Reiseführer zum Himmel".

Sein Arbeitsfeld ist Europa und Asien. Wir finden ihn im fürstlichen Palais in Stockholm und in den Sträflingskolonien der Insel Sachalin im äußersten Osten Asiens. Heute spricht er im Prunksaal eines österreichischen Schlosses, dessen Besitzer die Nachbarn zusammengerufen hat, das Zeugnis des Gastes zu hören. Dann finden wir ihn im großen Hof eines Waisenhauses in Konstantinopel, bald darauf in Smyrna unter einer Schar Griechen, unter Armeniern, Türken und Juden, wo er an einem Tag sechs Ansprachen hält für solche, die darauf brennen, die gute Botschaft zu hören. Wenig später steht er am Pult des größten Hörsaals einer ungarischen, russischen oder finnischen Universität, wo er zu den Studenten spricht. Und alle diese Reisen finden unter zum Teil großen Strapazen statt: Hin und her durch Europa, mit dem Pferdegespann vor dem Wagen oder Schlitten quer durch Sibirien über endlose Wege und weite Schneefelder.

Wir staunen über John Wesley, der auf dem Pferderücken kreuz und quer durch England reiste, um zu evangelisieren. Aber seine Reisen schrumpfen zusammen gegenüber den Tausendmeilenreisen, die Dr. Baedeker im Dienst seines Herrn zurücklegt. Und was war sein Beweggrund? Das Evangelium zu predigen und Sündern die Notwendigkeit der Buße zu Gott und des Glaubens an den Herrn Jesus vor das Gewissen zu stellen. So streute er den guten Samen aus, in mancherlei Sprachen und in der Hoffnung auf eine goldene Ernte. Aber auch Kindern Gottes, die oft jede Gemeinschaft entbehren mussten, wollte er Mut machen. Dabei stellte er seine großen Geistesgaben und Sprachgewandtheit ganz in den Dienst seines himmlischen Auftraggebers.

Sein besonderes Arbeitsfeld sind die Gefangenenlager in Sibirien. Sein Herz ist von Liebe durchglüht, diesen Ärmsten der Armen das Wort Gottes zu bringen. „Sie haben den ersten Anspruch auf das Evangelium, der Botschaft von der Freiheit für die Gebundenen", so sagt er. Und sie sind nicht nur durch Schuld und Sünde gebunden, sondern buchstäblich durch Ketten und Fesseln an Händen und Füßen. Für einen Sträfling im zaristischen Russland gibt es keine Aussicht mehr, ein normales Leben zu führen. Jeder in dem riesigen Reich muss einen Pass besitzen und auf Verlangen vorzeigen. Und alle Strafen sind im Pass vermerkt. Selbst wenn der Pass schon ein Dutzend Mal erneuert worden ist, alle Vorstrafen werden stets auf den neuen Pass überschrieben. So kann solch ein armer Mensch nie von seinen früheren Vergehen loskommen. Sie folgen seinen Spuren mit der grimmigen Zähigkeit eines Bluthundes bis zum Grab. „Einmal ein Verbrecher, für immer ein Verbrecher", das ist der erbarmungslose Grundsatz des Passsystems im Zarenreich.

Auf einer seiner Reisen vom Ural bis zum Stillen Ozean verkündet Dr. Baedeker mehr als 40.000 Gefangenen das Evangelium und verteilt 12.000 Bibeln als „Reiseführer zum Himmel". Nicht nur die Gefangenen, auch etliche der Wachmannschaften sind zutiefst ergriffen. Viele erleben einen echten Kurswechsel.

Als er auf die Insel Sachalin kommt, fragen ihn die Gefangenen erstaunt: „Warum kommen Sie zu uns? Hier gibt es keine Hoffnung mehr." Er antwortet ihnen: „Wenn es so ist, dann vergebt mir, dass ich zu euch nicht zuallererst gekommen bin. Ein Ort, wo es keine Hoffnung mehr gibt, ist der rechte Platz für die Botschaft vom Heil Gottes." Und Tränen rinnen über sein Gesicht, als er von dem erzählt, zu dem einst die Zöllner und Sünder kamen und der auch den größten Sünder zu erretten vermag. Die finsteren, verhärteten Gestalten lauschen gespannt der frohen Botschaft. Baedeker schreibt: „Mit Sachalin lässt sich im Umkreis unserer Zivilisation nichts vergleichen. Seit einer Generation schicken die russischen Behörden die schlimmsten Verbrecher auf diese Insel voll Nebel und Eis. Mit Ketten versehen, auf Stirn und Wangen mit Eisen gebrannt, von eisstarrender See umgeben, haben sie keine Aussicht auf ein Entkommen, und ihre Existenz bedeutet Tod bei lebendigem Leib."

Dr. Baedeker hat immer viele Neue Testamente dabei, damit die Internierten nach seiner Ansprache diesen „Reiseführer zum Himmel“ studieren können. Aber längst nicht alle Gefangenen können lesen, viele haben es nie gelernt. Auch an sie hat er gedacht. Und gerade für solche hat er eine besondere Kurzausgabe des „Reiseführers zum Himmel“ im Gepäck. Ein einmaliges Buch, nämlich ein „Buch ohne Worte“.

Lassen wir ihn selbst berichten, was es mit diesem „Buch“ auf sich hat: „Der vornehme Gefängnis-Gouverneur lässt mich zwei Stunden im Vorzimmer warten. Endlich werde ich vorgelassen und erhalte die Erlaubnis, die Gefangenen zu besuchen. Ein Wachsoldat führt mich in ein schauerliches, unterirdisches Verlies. Hier sind die Kerker nass, kalt, dunkel und angsteinflößend. Die Insassen müssen die schlaflosen Nächte auf dem Steinboden zubringen und werden von Ratten und scheußlichem Ungeziefer geplagt.“ Die Gefangenen werden herausgerufen, und nach einer kurzen liebevollen und doch ernsten Verkündigung überreicht Baedeker ihnen das Neue Testament. Voll Dankbarkeit nehmen sie die kostbare Gabe an. Ein Wärter sagt: „Hier haben wir gerade einen besonders gefährlichen Mörder.“ „Habe ich ihn gesehen?“, fragt Baedeker. „Nein, er sitzt in Einzelhaft.“ – „Bitte führen Sie mich in seine Zelle.“ Baedeker stolpert hinter dem Wärter her. Es geht in die ganz dunklen Regionen des untersten Kellergewölbes. Hier findet er den Gesuchten. Im trüben Licht einer Petroleumlampe bietet Dr. Baedeker ihm eine Bibel an. „Danke, aber ich kann nicht lesen“, sagt er bedrückt. „Dann ist hier etwas, das für Sie ist. Das können Sie lesen. Es enthält alles, was Sie unbedingt wissen müssen.“ Er holt ein kleines „Buch ohne Worte“ hervor und drückt es dem Gefangenen in die Hand. Der schlägt es auf und sieht sich verblüfft die drei Seiten darin an: Die erste ist schwarz, die zweite rot, die dritte weiß. „Was bedeutet das? Ich kann es nicht verstehen“, sagt er.

Dr. Baedekers Augen strahlen, als er dem Verurteilten das Büchlein erklärt: „Das schwarze Blatt hier bedeutet schwarze Sünde – meine und deine. Sünde gegen Gott, Sünde gegen Menschen. Sünde im Herzen und im Leben – schwarz wie die Nacht, schwarz wie der Tod, schwarz vom kommenden Gericht. Das trifft auf alle Menschen zu, ‚denn alle haben gesündigt und erreichen nicht die Herrlichkeit Gottes‘ (Römer 3,23). – Die rote Seite hier ist so rot wie das Blut, das teure Blut des Herrn Jesus am Kreuz von Golgatha, das allein schwarze Sünde tilgen kann; denn ‚das Blut Jesu Christi ... reinigt uns von aller Sünde‘ (1. Johannes 1,7). Und: ‚Um unserer Übertretungen willen war er verwundet, um unserer Ungerechtigkeiten willen zerschlagen‘ (Jesaja 53,5). Und nun das weiße Blatt: Es bedeutet die vollbrachte Errettung durch den Herrn Jesus Christus, die völlige Vergebung aller Sünden für die, die sich bekehren und ihn als Heiland in ihr Herz aufnehmen. Weiß, das ist die vollkommene Gerechtigkeit, die der Sünder durch Buße und Glauben erlangt. ‚Wasche mich, und ich werde weißer sein als Schnee‘ (Psalm 51,9).

Sehr nachdenklich blickt der Sträfling von einer Seite des Buches zur anderen. Und seine Finger zittern, als er es in dem trüben Licht emporhält. – „Du wirst doch das kleine Buch lesen können, nicht wahr?“, fragt Baedeker ihn gütig. „Ja, Gott sei Dank, das kann ich lesen.“ Und als Baedeker ihn so anschaut, fallen dicke, ungewohnte Tropfen auf seine gefesselten Hände. „Und Ihnen danke ich tausendmal, mein Herr, dass Sie einem so unwürdigen Schuft solche Botschaft gebracht haben!“

„Wenn ich mehr als ein Leben hier hätte“, sagt Dr. Baedeker einmal, „ich würde sie alle zubringen, wie dies eine in Sibirien und Ostasien. Ich würde die gute Botschaft von Gottes Rettungsplan all den Tausenden Unglücklichen und Hoffnungslosen bringen, die ein Leben lang in Finsternis und Todesschatten sitzen.“

Sein großes Lebensziel war, die Bibel, den „Reiseführer zum Himmel“, zu verbreiten und das Heil in Christus zu verkünden. Und wie erfinderisch war er darin, indem er selbst an die Analphabeten dachte und ihnen „die Bibel ohne Worte“ brachte.

Welches Ziel steuerst du in deinem Leben an? Hast du den „Reiseführer zum Himmel“ schon gelesen? Und gibt es in deinem Leben den alles entscheidenden Kurswechsel?

Jesus, der Herr, ruft dich heute;
höre doch: DU bist gemeint!
Lass alle Zweifel beiseite!
Er ist dein wirklicher Freund.
Herrliche Botschaft! Herrliche Botschaft!
Höre doch: DU bist gemeint!
Jesus, der Herr, ruft dich heute.
Er ist dein wirklicher Freund.

Er löst die Frage der Fragen,
will dich befreien vom Tod.
Er lässt so freundlich dich laden:
Komm doch ins rettende Boot!

Er will dein Steuermann werden,
trau seiner mächtigen Hand.
Dann nimmst du hier schon auf Erden
Kurs auf das himmlische Land.

Herrliche Botschaft! Herrliche Botschaft!
Höre doch: DU bist gemeint!
Jesus, der Herr, ruft dich heute.
Er ist dein wirklicher Freund.

„Siehe, jetzt ist die wohlangenehme Zeit, siehe, jetzt ist der Tag des Heils."

2. Korinther 6,2

Das Bekenntnis des Arztes

Der Arzt Dr. James Simpson lebte von 1811 bis 1870 in Edinburgh und wurde durch bahnbrechende Entdeckungen berühmt. Patienten aus der ganzen Welt suchten seinen Rat. Vor allem seine Forschungen auf dem Gebiet der Schmerzbetäubung machten ihn so bekannt. In jedem großen Lexikon wird über seine Entdeckungen berichtet.

Wer von uns wüsste nicht die Errungenschaften der Medizin auf dem Gebiet der modernen Anästhesie zu schätzen? Seit Menschengedenken war man auf der Suche nach geeigneten Mitteln, Schmerzen zu lindern. Bereits die alten Ägypter betrieben eine umfassende Chirurgie und verwendeten narkotische Extrakte. Auch die Ärzte des alten China benutzten schon vor Jahrtausenden Belladonna, Opium und alkoholische Zubereitungen als Betäubungsmittel.

Es ist keineswegs ein Schauermärchen, dass man außer Drogen auch recht grausame Methoden der Schmerzlinderung anwandte. Zwar gehört der legendäre Schlag mit dem Holzhammer in das Reich der Fabel, aber selbst in jüngster Zeit wurden in der Not Beinamputationen bei extremer Kälte und damit fast schmerzfrei vorgenommen. Operationen dieser Art mussten allerdings sehr schnell durchgeführt werden. Schwierige Eingriffe und sorgfältiges Präparieren waren unmöglich.

Wie gut haben wir es doch heute! Und wer hätte die hervorragenden Fortschritte der Medizin noch nicht am eigenen Leib erfahren? Wir können es uns gar nicht vorstellen, wenn uns der Zahnarzt ohne jegliche Betäubung einen abgebrochenen Zahn ziehen und die Wurzel ausgraben würde. Auch eine Blinddarmoperation ohne Narkose wäre ein Horror.

Eine Narkose ist nichts anderes als ein künstlich herbeigeführter Schlaf, um Bewusstsein und Schmerzgefühl vorübergehend auszuschalten. Nur so kann man schmerzlos operieren. Dabei liegt die Betäubung in der Hand eines Facharztes, des Anästhesisten. Von ihm wird die beste Art der Betäubung festgelegt, dosiert, eingeleitet und überwacht. Durch individuelles Vorgehen wird die Sicherheit erhöht, und vor allem werden Nachwirkungen weitgehend vermieden.

Aber es war ein langer und mühsamer Weg bis zu diesen Errungenschaften. Und Dr. James Simpson ist an diesen Erfolgen maßgeblich beteiligt. Als Praktikant war er einst voll Horror aus einem Operationssaal gerannt, in dem ein Krebskranker operiert wurde. Erschüttert rief er aus: „Kann denn nichts getan werden, um Operationen weniger schmerzhaft zu machen?" Und damals überlegte er ernstlich, das Studienfach zu wechseln. Doch er bleibt bei der Stange. Schließlich lehrt und forscht er als Medizinprofessor an der Universität Edinburgh. Außerdem widmet er sich, von christlicher Nächstenliebe beseelt, hingebungsvoll seinen vielen Patienten. Er entwickelt neue medizinische Geräte und Verfahren. Nach etlichen Selbstversuchen wendet er am 4. November 1847 zum ersten Mal Chloroform als Narkosemittel an. Und wenige Jahre später wird in allen Operationssälen der Welt nur noch unter Vollnarkose operiert. Wenngleich diese Narkose toxisch wirkte und deshalb nicht länger als eine Stunde aufrechterhalten werden konnte, so war es für die damalige Zeit ein gewaltiger Fortschritt.

Simpson erhält viele Ehrungen. Er wird Leibarzt der britischen Königin Victoria und von ihr in den Adelsstand erhoben. Er wird Ehrenbürger Edinburghs und erhält viele nationale und internationale Auszeichnungen. Ein zeitgenössischer Arzt schreibt über ihn: „Er verkörpert die vier Ideale eines vollkommenen Arztes, denn er hat einen hervorragenden Geist, das Auge eines Adlers, das Herz eines Löwen und die sanfte Hand einer Lady." Bei alledem aber bleibt er ein bescheidener Mann und seinen christlichen Grundsätzen treu.

Als Medizinstudenten ihn einmal fragen, welches seine größte Entdeckung gewesen sei, lautet seine Antwort: „Meine größte Entdeckung ist Jesus Christus als *mein* Herr und *mein* Heiland."

Mit roter Tinte

Nach dem Tod eines schottischen Arztes wurden die Bücher überprüft. Dabei fand man etliche Rechnungen, auf denen mit roter Tinte geschrieben stand: „Schuld erlassen, weil Patient zu arm." Dieser weise alte Arzt wollte seine armen Patienten nicht zum Bezahlen zwingen. Wenn sie nichts hatten, um ihre Rechnungen zu begleichen, dann erließ er sie ihnen.

Seine Frau war allerdings nicht derselben Ansicht wie er, denn sie verlangte nach seinem Tod, dass auch diese rot überschriebenen Rechnungen bezahlt werden müssten.

Und so wandte sie sich ans Gericht. Der Richter fragte sie: „Ist dies rot Geschriebene die Handschrift Ihres Mannes?“ „Ja“, antwortete sie. Darauf erwiderte ihr der Richter: „Dann gibt es kein Gericht im ganzen Land, das für die Rechnungen, auf denen ‚Schuld erlassen!‘ geschrieben steht, das Geld eintreiben könnte.“

Genauso ist es, wenn Jesus Christus mit seinem am Kreuz von Golgatha vergossenen Blut unter meine Sündenrechnung das Wort „Vergeben“ schreibt. Dann bin ich frei – frei von Gericht und Hölle. Dann habe ich „die Erlösung durch sein Blut, die Vergebung der Vergehungen, nach dem Reichtum seiner Gnade“ (Epheser 1,7).

Wie können wir in den Himmel kommen? Nur durch den Herrn Jesus, nur durch sein Blut. Viele wollen sich einen Weg der Erlösung schaffen durch die Entwicklung ihres eigenen Charakters. Andere hoffen, dass sie durch ihre eigenen Philosophien errettet werden. Sie sagen, dass sie ihren eigenen Glauben haben. Andere weisen ihre guten Taten vor und wieder andere ihre verschiedenen christlichen Dokumente. Aber das alles sind irrige Vorstellungen. Im Himmel werden nur begnadigte Sünder sein, denen hier und heute göttliche Vergebung zuteil wurde.

Aber wie bekommt man diese Sündenvergebung? Gott selbst hat das Entscheidende getan: Er sandte seinen Sohn auf diese Erde. Und überleg einmal, welchen ungeheuren Preis der Herr Jesus bezahlen musste, damit er rot über unsere Sündenrechnung schreiben konnte: „Schuld vergeben, weil Sünder zum Bezahlen zu arm sind." Denk daran, wie der Heiland im Garten Gethsemane auf sein Angesicht niederfiel und in großem Seelenkampf betete: „Mein Vater, wenn es möglich ist, so gehe dieser Kelch an mir vorüber; doch nicht wie ich will, sondern wie du willst" (Matthäus 26,39).

Und dann erst am Kreuz auf Golgatha! Dort trieben ihm rohe Menschen Nägel durch Füße und Hände. Dort erduldete er unsagbare Qual und abgrundtiefen Spott – und wurde von Gott verlassen ... Warum? Warum? Die Antwort lautet: Um die Rechnung zahlungsunfähiger Sünder zu bezahlen! Um Gottes Gerechtigkeit in vollem Licht erstrahlen zu lassen!

Deshalb schreibt der Apostel Paulus: „Denn ich schäme mich des Evangeliums nicht, denn es ist Gottes Kraft zum Heil jedem Glaubenden ... denn Gottes Gerechtigkeit wird darin offenbart ... (Römer 1,16-17). Er sagt nicht, „denn Gottes Liebe wird darin offenbart“, obwohl das auch wahr ist. Aber hier zeigt uns Gottes Wort, dass die gute Botschaft auf dem Felsengrund göttlicher Gerechtigkeit verkündigt werden kann. Gott kann dem Sünder wirklich vergeben und gleichzeitig seine göttliche Gerechtigkeit völlig wahren.

Gott nimmt die Sünde nicht leicht und übersieht keine einzige, seien es Sünden in Gedanken, Worten oder Taten. Aber wie kann er dann gerecht sein und gleichzeitig dem Sünder vergeben? Gott kann es tun, weil er seinen sündlosen Sohn als das wahre und vollkommene Opferlamm sandte.

Wer sein Leben in diesem Lichtstrahl göttlicher Heiligkeit und Gerechtigkeit sieht, erkennt, dass er ohne den Herrn Jesus für ewig verloren ist. Das führt zur Buße, zu echter Umkehr. Dem quillt der Notschrei aus dem Herzen: „O Gott, sei mir, dem Sünder, gnädig! (Lukas 18,13). Und der – nur der – wird auch die Liebe, die vergebende Liebe Gottes, erfahren.

So ist das Opfer Jesu Christi die einzige Basis, auf der Gott mir, dem Sünder, vergeben kann. Der Herr Jesus kam als Mensch auf diese Erde. Er, der völlig Sündlose, ging für Sünder in das Gericht und in den Tod. Aber er ist leibhaftig auferstanden, und er wird wiederkommen. Das ist Evangelium, das ist gute Botschaft:

> Jesus lebt, er hat gesiegt,
> wer kann seinen Ruhm verkünden?
> Meine Sünd' im Grabe liegt,
> keine Schuld ist mehr zu finden.
> Ja, er lebt, ich sterbe nicht,
> denn sein Tod war mein Gericht!

Der Untergang der Teeswood

Das Kalenderblatt zeigt Dienstag, den 27. November 1952, als am frühen Nachmittag der Küstenfrachter Teeswood die englische Humbermündung mit Kurs auf Emden verlässt. Captain Samuel Crawford hat sein 864 Bruttoregistertonnen großes Schiff mit 1020 Tonnen Fracht voll beladen. Außerdem führt er in seinen Bunkern 97 Tonnen Kohle und in seinem Wassertank etliche Tonnen Frischwasser mit.

Das Schiff ist eins der vielen soliden Frachtdampfer gleicher Bauart. Der Schornstein steht achtern, die Kommandobrücke mittschiffs, und der lange Laderaum, durch ein Schott geteilt, hat zwei Ladeluken.

Es weht ein steifer Nordwest, und das Barometer fällt und fällt. Doch die fünfzehn sturmerprobten Männer der Teeswood, die in der Küstenfahrt zwischen englischen, holländischen und deutschen Häfen ihr hartes Brot verdienen, sind schweren Seegang gewohnt.

Aber jetzt, wo bei zunehmender Windstärke die meisten Schiffe den Schutz der Häfen aufsuchen und ihre Teeswood einsam ostwärts rollt, spricht keiner aus, woran jeder denkt: 300 Seemeilen aufgewühlte Nordsee – Mordsee – liegen noch vor ihnen. Und der peitschende Regen und die Hagelböen singen ihr schauriges Lied ...

Diese Nacht ist auch für eingefleischte Seebären kein Spaziergang, und kaum einer kommt zu einem kurzen Schlaf in die Koje. Doch mit 8 bis 9 Seemeilen pro Stunde kämpft sich der Frachter durch tief liegende Wolkenmassen und hoch aufschäumende Brecher weiter in Richtung deutsche Küste. Und so geht es lange, bange Stunden hindurch bis Mittwoch, den 28. November, wo sie gegen 16.30 Uhr die große Ansteuerungstonne „Hubert Gat" vor Borkum passieren. Der tiefe Heulton der Boje vermischt sich schaurig mit dem Rollen und Brausen der immer bedrohlicher werdenden Brandung.

Windstärke 11 – der Sturm schwillt an zum Orkan. Verzweifelt brüllt der Steuermann: „Schiff steuert nicht mehr!“ Und das sich aufbäumende Meer wirft die schwere Teeswood hoch wie eine Schaukel. Wild schäumende Wellenberge überfluten Decks und Luken mit donnerndem Getöse.

Wie Löwen kämpfen die Männer an Bord. Jetzt bloß nicht auf Grund laufen! Denn jeder weiß es: Jetzt beginnt die Nordsee ihr mörderisches Spiel …

Die Uhr zeigt genau 17.58 Uhr, als die Teeswood mit ohrenbetäubendem Krach auf Grund setzt. Noch einmal wird sie von haushohen Wellen wie mit einer Riesenfaust emporgerissen, um dann glashart mit aller Gewalt wie auf Fels zu knallen. Als ob einem Riesentier das Rückgrat stückweise gebrochen wird, so hört sich das Kreischen der Eisenplatten und das Knacken der Stahlversteifungen an. Jeder weiß: Das ist die Katastrophe, wie sie schlimmer nicht sein kann. Das mit dem Heck wie in einem Schraubstock festsitzende Schiff wird von dem wütenden Meer und der eigenen schweren Ladung über kurz oder lang auseinandergerissen werden.

Abgekämpft und frierend stehen die 15 Mann Besatzung an Deck, wo sich der Bug durch das Verrutschen der Ladung immer steiler aus der tosenden See emporhebt. Die Schwimmwesten umgelegt, umklammern sie die Reling, um nicht von dem nächsten Brecher über Bord gefegt zu werden. Und dem Kapitän und dem Ersten Offizier bleibt nur eins zu tun: Ununterbrochen senden sie das letzte und dringendste Funksignal, das die Seefahrt kennt: S – O – S! S – O – S! Save our souls!

In der Seenot-Funkstation Borkum fliegt der Bleistift des Funkers hastig übers Papier. S – O – S! Name und Standort des Dampfers folgen. Über die Küstenfunkstelle Norddeich-Radio läuft dasselbe Signal. Die Rettungsaktion kann beginnen.

Im Nu haben die Männer der Leitstelle den genauen Standort in die großen Planquadrate der Seekarte eingetragen. Der Plan zur Rettung steht. Zur Teeswood wird zurückgefunkt, dass ihr Notsignal angekommen ist. Und Sekunden später klingelt bei dem Vormann Willi Eilers in der Richthofenstraße auf Borkum das Telefon. Er alarmiert die anderen Rettungsmänner. Von ihnen treffen Folkert Meuw und Christian Müller schnell ein. Auf andere zu warten, bleibt keine Zeit. Höchste Eile tut not! Eilers weiß, was es bedeutet, wenn ein auf Grund gelaufener Dampfer draußen in den Sänden solch schwere Grundseen und ihre mörderischen Brecher auszuhalten hat.

Die drei springen ins Auto. Nach kurzer Fahrt sind sie im Hafen. Sie laufen zum Kai, und nach wenigen Minuten läuft das Rettungsschiff Borkum mit nur drei Mann Besatzung an Bord aus.

Mit einer Länge von 14m, einer Breite von 4,55m, einem Tiefgang von nur 1,40m und einem extra breiten Schlittenkiel ist die Borkum für diese Rettungsaktion gut geeignet. Die zwei Schrauben der 150 PS starken Motoren schaffen 8,5 Seemeilen pro Stunde. Kaum lässt die Borkum den schützenden Hafen hinter sich, da übergießt sie ein einziges tobendes Meer von Wellen und Gischt. Der Funkkontakt mit den Küstenstationen und auch mit der auf Grund liegenden Teeswood funktioniert. Die Rettungsmänner erfahren, dass der auf der Ems stationierte Bergungsdampfer Seefalke bereits bei dem Havaristen eingelaufen ist. Aber helfen kann er nicht. Wegen seines zu großen Tiefgangs kommt er nicht an die Teeswood heran. Und von dort kommen schlechte Signale: Das Schiff droht durchzubrechen. Und dann? - Es ist ein Kampf gegen die Zeit.

Der Lärm der gewaltigen Brecher mischt sich mit dem Aufheulen der Motoren. Und die tief dahinjagenden Wolkenfetzen und dichte Hagelböen nehmen in der anbrechenden Novembernacht die letzte Sicht. Da! Endlich! Der Vormann der Borkum erspäht den bläulich-hellen Schein eines Flackerfeuers, das die Teeswood abbrennt. Es ist genau 19.35 Uhr – eine Stunde nach dem Auslaufen –, als die Männer der Borkum mit ihrem Schiff nahen. Die Rettungsaktion kann beginnen.

Die Männer der Teeswood sehen sich dem Tod geweiht. Da tauchen plötzlich die Scheinwerfer der Borkum auf. Die Teeswood ist durchgebrochen. Ihr Vorschiff ist voll Wasser. Das Achterschiff liegt in der Flut. Die 15 Mann Besatzung stehen wie angeklammert hoch am Bug. Unter ihnen die mörderische See. Mittschiffs nur noch ein gähnendes, schaurig gurgelndes Loch. Und die eiskalten Wellen fegen in überkämmenden Fetzen über sie hinweg. Keinen trockenen Faden haben sie an. Der unbarmherzige Orkan will ihnen die letzten Kleider von den Knochen reißen.

Jetzt ist ihre einzige Hoffnung die Borkum. Aber wie soll sie anlegen? Der Sturm tobt. Die See: ein einziger brodelnder Hexenkessel. Bei der geringsten Annäherung drohen beide Schiffe wie Streichholzschachteln zermalmt zu werden. – Das Rettungsschiff dreht tatsächlich ab – aber nur, um ein neues Manöver zu versuchen. Da! Es kämpft sich dicht unter den steil aufragenden Bug der Teeswood hindurch. Die staunenden Männer meinen, die Masten der Borkum greifen zu können – und da hören sie über Megaphon eine laute Stimme: „Springen! Springt runter! Wir retten euch!“ –

Alle verstehen es blitzschnell: Wenn es eine Möglichkeit der Rettung vor dem sicheren Tod gibt, dann nur diese: der mutige Sprung in das rettende Schiff.

Dicht zusammengedrängt beobachten sie das Manöver. – Der Ruf verhallt, nicht ungehört – aber unbefolgt. Die Borkum kann sich nur kurz, ganz kurz unter dem Bug der Teeswood halten. Eine Sekunde zu lang, die geringste Unaufmerksamkeit – und der nächste Brecher würde das Rettungsschiff unter dem steil aufragenden Kiel des Frachters zerschellen. Keiner der zu Tode erschrockenen Männer hat den Sprung gewagt. Aber Eilers, der tapfere Vormann der Borkum, gibt nicht auf.

„Er versucht es noch einmal!“, ruft Kapitän Crawford, als er das kleine Schiff erneut kommen sieht. „Entweder wir springen oder wir ertrinken!“ Er weiß, dass sich jeder fürchtet. Und er fühlt, dass es seine Pflicht ist zu zeigen, dass der entscheidende Sprung getan werden muss. Der Kapitän muss in diesem Fall als Erster und nicht als Letzter – wie es die Tradition der Seefahrt bei einer anderen Situation verlangen würde – den entscheidenden Sprung tun. Dann werden die anderen es ihm nachtun.

Und schon arbeitet sich die Borkum erneut heran. Unter dem Bug des Frachters wird sie von einer rücklaufenden Grundsee gegen das Wrack geworfen – da, genau im richtigen Moment springt Kapitän Crawford ab und landet glücklich an der Reling der Borkum, wo die Rettungsmänner zupacken und ihn sicher an Bord ziehen.

Die Borkum dreht wieder ab, um einen neuen Anlauf zu wagen. Und nun folgt ein Anlauf nach dem anderen. Schon haben drei Mann Mut gefasst und den Sprung gewagt. Sie sind in Sicherheit. Neue Manöver folgen – einer nach dem anderen springt – und wird gerettet.

Das Wasser steigt immer noch. Und mit auflaufender Flut rollen die schweren Wellen über das tiefer in den sandigen Grund sinkende Wrack. Das wird immer mehr zum Spielball des wild gewordenen Meeres. Mit jeder verrinnenden Minute wird die Rettungsaktion gefahrvoller – und schließlich unmöglich. Neunzehn Anläufe – und dreizehn von den fünfzehn Männern der Teeswood haben es gewagt und sind in Sicherheit. Noch ein letzter Versuch, und lebensgefährlich für alle wagt es die tapfere Besatzung der Borkum zum zwanzigsten Mal. Aber die beiden letzten Leute wagen den Absprung nicht. Von ihren Kameraden aufgefordert, endlich zu springen, schütteln sie nur den Kopf und sehen dem Rettungsmanöver fast gleichgültig zu. Und im nächsten Augenblick schon geschieht, was voraussehbar war: Mitsamt ihrem Wrack sinken sie in die eiskalte aufgewühlte Flut …

Die Rettungsaktion der Borkum ist eine spannende Geschichte, voll ergreifender Dramatik. Nicht weniger dramatisch ist die Geschichte der Menschheit und jedes Einzelnen.

Denn jeder von uns ist unterwegs auf dem Meer des Lebens. Da geht es auf dem eigenen Schiff mit frischer Kraft, stolz und trotzig hinaus zu neuen Ufern. Und dann sind plötzlich die Stürme und Wellen da. Das Steuerruder gehorcht uns nicht mehr, und das Lebensschiff wird ein Spielball der entfesselten Mächte. Leckgeschlagen treibt es dem Riff und der sicheren Katastrophe zu.

Und dann rufen wir S-O-S! Rette meine Seele! – Und der Ruf wird gehört. Der große Gott – von uns eigenwilligen Geschöpfen ignoriert –, will nicht unser Unglück und fährt seine Rettungsanläufe. Er hört unser Schreien und will uns nicht in die Katastrophe rennen lassen. Und er tut das Größte, was zu tun möglich ist: Er sendet seinen Sohn auf diese Erde, um uns zu retten. Und bis heute ruft dieser uns zu: Kommt her zu mir, ihr Mühseligen und mit Sünde Beladenen! Lasst euch retten! Wagt den Absprung!

Gott sei Dank, viele wagen es und werden gerettet. Doch andere wagen es nicht – und gehen verloren. Jesus Christus sagt: „Wer sein Leben lieb hat, wird es verlieren; und wer sein Leben in dieser Welt hasst, wird es zum ewigen Leben bewahren“ (Johannes 12,25). Wer auf seinem alten, leckgeschlagenen Lebensschiff bleibt, wird mit ihm untergehen. Aber wer den Absprung wagt, bekommt neues, ewiges Leben.

Das meint die Bibel, wenn sie von Glauben redet. Glauben, das ist kein bloßes Fürwahrhalten von Richtigkeiten. Glauben, das ist auch keine intelligente Glanzleistung, für die man eine Eins bekommt. Man kann oben an Deck des Lebenswracks stehen und rein verstandesmäßig einsehen, was allein nötig ist. Man kann all das wissen, was man tun sollte – und geht doch verloren. Wie viele Anläufe hat er schon gemacht, um dich von dem zerborstenen Schiff des Lebens zu holen? Zwei, zehn oder sogar schon zwanzig? – Nur der Absprung rettet. Der Absprung in die Retterarme des Heilands. Der echte Wunsch zur Umkehr und den Absprung wagen – das ist Buße –, und das vertrauensvolle Sichfallenlassen in seine Hand – das ist Glaube. Einen anderen Weg zur Rettung gibt es nicht.

Manch einer hat gefragt: Was hat man vom Glauben? Was hat man davon, wenn man sein eigenes bedrohtes Leben loslässt und sich Gott übergibt? Vielleicht ist das auch deine Frage. Hier ist die Antwort, die Jesus, der Herr, selbst dir gibt: „Wahrlich, wahrlich, ich sage euch: Wer mein Wort hört und dem glaubt, der mich gesandt hat, hat ewiges Leben und kommt nicht ins Gericht, sondern ist aus dem Tod in das Leben übergegangen" (Johannes 5,24). – Das hat man vom Glauben. Was willst du mehr?

Immer mutig

Nach dem Tod des Preußenkönigs Friedrich Wilhelm I. im Jahr 1740 wurde sein Sohn als Friedrich II. Nachfolger auf Preußens Thron. Später wurde er als „Friedrich der Große" bekannt und volkstümlich nur „der Alte Fritz" genannt. Schon nach einem Jahr seiner Regentschaft bestellte er Hans Joachim von Zieten (1699–1786) zum Kommandeur seines Leibhusarenregiments. Und bald stand Zieten an der Spitze der gesamten preußischen Reiterei.

Er bewährte sich bei Hohenfriedberg, Leuthen und Torgau. Und viele andere Namen sind in die Geschichtsbücher eingegangen und sind untrennbar mit dem Namen Zietens verbunden. Kein Wunder, dass er zu den Vertrauten des Königs zählte, obgleich beide grundverschieden waren.

Friedrich der Große, von den einen als Nationalheld verehrt und gefeiert, von anderen als starrer, zynischer Typ verachtet, hatte in der Tat einen recht widersprüchlichen Charakter. Zieten hingegen war nicht nur ein verlässlicher und geradliniger Mann, sondern er bekannte sich, wenn es darauf ankam, mutig als Christ.

Eine Begebenheit macht das besonders deutlich: So lehnt Joachim von Zieten einmal die Einladung zur königlichen Tafel ab, weil er vorher zum heiligen Abendmahl gehen und sich in der ernsten Stimmung nicht ablenken lassen will. Inzwischen sitzt der König mit etlichen der aalglatten höfischen Herren zusammen. Von den vielen prächtigen Kerzen der königlichen Tafel beleuchtet, genießen sie übermütig das leckere Mahl und den prächtigen Wein. Da erscheint unvermutet Joachim von Zieten.

Der Alte Fritz lässt Zieten nicht, wie bei anderen Gelegenheiten üblich, an seiner Seite Platz nehmen, sondern ihm gegenüber. Er sollte die Ungnade, in die er gefallen ist, recht spüren. Aber nicht genug damit. Wieder einmal reitet den König der Teufel der Bosheit. Mit leichtfertiger Zunge beginnt er über das heilige Sakrament des Abendmahls zu spotten. Für all die Kriecher, die den König umgeben, ist das ein wahrer Ohrenschmaus. Und die lockere Gesellschaft bricht in schallendes Gelächter aus. Der alte Zieten, vom Hohn und auch vom puren Neid missgünstiger Blicke übergossen, sitzt wie versteinert da. Dann schüttelt er seinen markanten Kopf. Aber als der Lärm nicht aufhört und die seichten Herren auf das Spottwort des Königs einander zutrinken, tritt etwas Unerwartetes ein.

Der greise Joachim von Zieten erhebt sich von seinem Platz. Dann tritt er einen Schritt von der Tafel zurück und verbeugt sich mit allem Respekt vor dem König. Mit lauter Stimme sagt er: „Eure königliche Majestät wissen …“, und er senkt die Stimme, weil um seiner Kühnheit willen plötzliche Stille entsteht, „Majestät wissen, dass ich keine Gefahr fürchtete und überall, wo es galt, entschlossen mein Leben für Sie und das Vaterland gewagt habe. Diese Gesinnung beseelt mich auch heute noch, und wenn es nützt und Sie befehlen, so lege ich mein graues Haupt gehorsam Ihnen zu Füßen. Aber es gibt Einen über uns, der mehr ist als Sie und ich und mehr als alle Menschen. Das ist der Heiland und Erlöser der Welt, der am Kreuz sein Blut gab als Lösegeld für alle, die da glauben. Diesen heiligen Gottessohn lasse ich nicht antasten und verhöhnen. Denn auf Ihm beruht mein Glaube, mein Trost und meine Hoffnung im Leben und im Sterben. Unterminieren Eure Majestät diesen Glauben, dann unterminieren Sie zugleich die Staatswohlfahrt. Das ist gewisslich wahr. Halten zu Gnaden.“

Das ist ein kühnes Wort, an der Tafel des Königs von Preußen gesprochen. Und die es hören, trifft es so hart, dass nur noch das Ticken der Uhr im Saal zu hören ist. Totenstill wird die soeben noch so frivole Gesellschaft.

Und eine zweite Überraschung tritt ein: Sichtlich ergriffen erhebt sich der König. Er tritt hin zu seinem Getreuen, drückt ihm fest die Rechte und legt ihm die Linke auf die Schulter. Und mit lauter, fester Stimme spricht er in die Beklemmung der anderen hinein: „Glücklicher Zieten! Möchte auch ich es glauben können. Ich habe Respekt vor seinem Glauben. Halte er ihn fest! Es soll nicht wieder geschehen."

Über diese Wendung sind alle ernst bewegt. Friedrich hebt ohne Weiteres die Tafel auf und gibt den Herren mit deutlichem Wink zu verstehen, dass sie nun entlassen sind, während er Arm in Arm mit dem alten Zieten in den Saal zurückgeht.

Schaurige Nacht

Ein dunkler Fleck deutscher Geschichte: die Nacht vom 9. zum 10. November 1938. Überall im Land regieren Angst und Schrecken. Geschäfte und Wohnungen jüdischer Mitbürger werden verwüstet. Ihre Synagogen gehen in Flammen auf. Sie selbst werden durch die Straßen getrieben, geschlagen, verhaftet. Die damaligen Machthaber veranstalten ihre erste große Hetzjagd, bekannt als „Kristallnacht“. Eine verharmlosende Bezeichnung, die einreden soll, es seien nur Fensterscheiben zu Bruch gegangen. In Wirklichkeit aber war diese Nacht ein für alle sichtbares Zeichen. Fortan würde es keine Hemmungen mehr geben. Und so wurden die brennenden Synagogen vom 9. November 1938 das Voraussignal für eine der größten Schandtaten der Menschheitsgeschichte.

Unter den Hunderten in Brand gesteckter Synagogen befand sich eine der größten und schönsten Deutschlands: die Alte Synagoge in Essen. In der Stadtmitte an der Steeler Straße gelegen, kann man heute das hervorragend wiederhergestellte Bauwerk bewundern. Wuchtig erstreckt es sich dort mit einer Länge von 70 Metern, und über den Mauern erhebt sich eine gewaltige Kuppel, die eine Höhe von 34 Metern erreicht. Heute ist die Alte Synagoge in städtischem Besitz und dient Tag für Tag vielen Besuchern als Mahn- und Gedenkstätte. Aber seit jener schaurigen Nacht von 1938 bis lange nach Kriegsende ragten die mächtigen Mauern der Alten Synagoge als riesige ausgebrannte Ruinen gen Himmel.

6. März 1943. Wenige Jahre später beginnt mit einem Flieger-Großangriff auf Essen ein anderes Inferno: die Luftschlacht über der Ruhr. Es ist tiefdunkle Nacht, als in Essen die Sirenen heulen. 412 Bomber der Royal Airforce fliegen aus Richtung Dorsten kommend in den Luftraum über Essen. Zum ersten Mal hat der umstrittene englische Luftwaffenmarschall Arthur Harris seinen Verbänden den Befehl erteilt, im dichten Bomberstrom anzugreifen. Er meinte, dass es nur auf diese Weise möglich sei, den deutschen Abwehrgürtel der Nachtjäger mit geringen eigenen Verlusten zu durchbrechen. Und er behielt recht.

22 Maschinen vom Typ Lancaster markieren als „Pfadfinder" das Zielgebiet mit ihren hellgelben Leuchtbomben. Diese an Fallschirmen heruntersegelnden Lichtertrauben sollten fortan das berüchtigte Angriffszeichen der Nachtbomber werden. Im Volksmund nannte man sie schlicht und makaber „Christbäume".

Bei dem dann folgenden ersten Großangriff gehen insgesamt 1.211 Tonnen Bomben ins Ziel, 3.016 Häuser werden vernichtet, unzählige werden beschädigt, und viele Menschen kommen um. Aber das war nur der furchtbare Auftakt zu fast ununterbrochenen Angriffen. Denn wenn man die Einsätze der britischen Luftwaffe durchforscht, taucht kein Ziel so oft auf wie die Stadt Essen. Zunächst waren in vielen Einzeleinsätzen die Krupp-Werke als Zentrum der Rüstungs-Industrie das Angriffsziel - von März 1943 an wurden jedoch vor allem die Stadtmitte und reine Wohngebiete bombardiert. Von nun an hatte die Bevölkerung Essens keine Ruhe mehr. Allein in jener Nacht gingen 80 Luftminen, 1050 Sprengbomben, 122.000 Stabbrandbomben und 17.000 Phosphor-Kanister als todbringende Fracht über die Menschen nieder.

In wenigen Minuten ist das Geschäftsviertel rings um die Limbecker Straße ein einziges Feuermeer. Im Alfredi-Viertel an der Synagoge glüht der Feuersturm die Wohnhäuser aus. Als die Bomber abdrehen, kriechen die Überlebenden aus den Kellern hervor und irren durch die lichterloh brennenden Häuserschluchten. Mit Gasmasken oder vor Mund und Nase gepressten nassen Tüchern notdürftig geschützt, quälen sie sich durch die unvorstellbare Glut. Aber wohin nur? Es gibt keinen Ausweg aus dem Flammenmeer. Glühende Balken krachen auf die Straßen, und selbst der Asphalt brennt mit gelber Flamme. Da tauchen im gespenstisch flackernden Schein mächtige Mauern auf, die wie erhobene Finger gen Himmel zeigen: die Ruinen der Alten Synagoge. So kämpfen sie sich durch das Feuer, bis sie inmitten der Mauern in Sicherheit sind. Hier wüteten schon vor Jahren die Flammen. Es ist ihnen wie ein Wunder. Hier in der riesigen Ruine, geschützt durch haushohe Mauern, finden sie Rettung. Ringsum Brand, Glut und Verzweiflung – hier Ruhe und Sicherheit wie auf einer Insel. Denn hier findet das Feuer nichts Brennbares mehr. Vor diesen Mauern steht der Brand still. Alles, was brennen konnte, ist längst verbrannt.

So wie jene verzweifelten Einwohner Essens in der ausgebrannten Synagoge Rettung vor dem wütenden Flammenmeer fanden, so ist das Kreuz von Golgatha der Platz, wo der Brand bereits loderte. Dort wurde es schaurige Nacht mitten am helllichten Tag. Hier stand Jesus Christus, der Sündlose und Reine, für jeden an ihn Glaubenden im Gerichtsfeuer Gottes. Da findet das Feuer keine Nahrung mehr. Da ist man in Sicherheit. Nun kommt der Glaubende nicht mehr ins Gericht, sondern ist freigesprochen durch die höchste Instanz. Hier ist der Ort, von dem ein Dichter bekennt: „Ruhe fand hier mein Gewissen, denn Sein Blut, o reicher Quell, hat von allen meinen Sünden mich gewaschen rein und hell.“ Glücklich der, der voll Vertrauen sagen kann: Am Kreuz hat Gott den, der Sünde nicht kannte, für mich zur Sünde gemacht, damit ich nun in Gottes Gerechtigkeit stehe und frei ausgehe! (vgl. 2. Korinther 5,21).

Anders als gedacht

Der Herausgeber einer amerikanischen Tageszeitung erhielt von einem reichen Farmer, der gern spottete, den folgenden Brief:

„Sehr geehrter Herr, dieses Jahr habe ich einen interessanten Versuch unternommen. Im Frühjahr habe ich jeden Sonntag gesät, anstatt unter Gottes Wort zu gehen. Während des Sommers habe ich jeden Tag auf dem Feld gearbeitet, und jetzt im Herbst habe ich jeden Sonntag geerntet und gepflügt. Und meine Ernte ist wesentlich besser und ergiebiger als die Ernte meiner Nachbarn, die nur wochentags gearbeitet haben und das vierte Gebot ‚Du sollst den Ruhetag heiligen' befolgten. – Was sagen Sie nun dazu, mein sehr verehrter Herr?"

Der Herausgeber veröffentlichte diesen Brief ungekürzt in der nächsten Ausgabe seines Blattes. Und unter den Brief ließ er mit großen Buchstaben seine Antwort drucken:

„GOTT PRÄSENTIERT SEINE RECHNUNG
NICHT IMMER IM OKTOBER!"

Größere Liebe hat niemand ...

Am 13. Januar 1982 tobt über der amerikanischen Hauptstadt ein starker Schneesturm. Geschäfte und Schulen werden geschlossen, und selbst der Kongress unterbricht seine Sitzung. Der National Airport von Washington ist den ganzen Vormittag über gesperrt. Auf den Start- und Landebahnen liegt der Schnee mehr als einen halben Meter hoch. Erst gegen 14.30 Uhr, nachdem der Schnee geräumt ist, wird der Flugverkehr wieder freigegeben. Unter den wartenden Maschinen ist eine zweistrahlige Boeing 373 der Air Florida, deren regulärer Start für 14.15 Uhr vorgesehen ist. Immer noch herrscht leichter Schneefall.

Im Cockpit sind Captain Larry Wheaton und First Officer Roger Pettit, zwei junge Piloten, die sich über ihren neuen Job bei Air Florida freuen. Ihre Maschine ist die Elfte, die nach der Schließung des Flughafens wieder starten darf. Um 15.23 Uhr ist die Enteisung der Tragflächen angeblich abgeschlossen, und das Bodenpersonal meldet nur einen Hauch von Schnee auf den Tragflächen. Die Startvorbereitungen bereiten jedoch Probleme, und erst um 15.59 Uhr hebt das Flugzeug mit Mühe ab. Dabei machen sich die Piloten die heißen Abgase einer unmittelbar vorausfliegenden DC-9 zunutze, um den letzten Schnee von den Tragflächen zu schmelzen.

Doch die Rechnung geht nicht auf. Die in den folgenden 90 Sekunden aufgezeichneten Gespräche sind erschütternd. Die Turbinen schaffen den Auftrieb nicht, und die Maschine verliert an Höhe. Die letzten aufgezeichneten Worte sind: „Larry, we're going down." „I know it". Dann stürzt das Flugzeug über dem Potomac Fluss auf die „14th Street Bridge", die Hauptverkehrsader zwischen Washington und Nord-Virginia, und von dort in die vereisten Fluten. Vier Autos werden erfasst, in denen fünf Tote zu beklagen sind. Von den insgesamt 79 Passagieren der Boeing sind 73 auf der Stelle tot.

Die 6 Überlebenden kämpfen in den eiskalten Fluten des Potomac um ihr Leben, zum Teil an Flugzeugtrümmer geklammert. Schnell ist ein Polizei-Hubschrauber zur Stelle. Die Besatzung lässt Schwimmwesten herunter, dann einen Rettungsring, alle an einen Mann, der sich als besonders reaktionsfähig erweist. Und der reicht alles an die anderen weiter. Drei sind in Sicherheit. Und schließlich lassen sie zweimal ein Rettungsseil direkt wieder zu ihm herab. Auch das gibt er an andere Verunglückte weiter. So kann die Besatzung noch eine Frau mit dem Rettungsseil sicher ans Ufer bringen und eine weitere retten, die versucht, von dem sinkenden Flugzeugwrack wegzuschwimmen. Dann kehrt der Hubschrauber an den Unglücksort zurück. Aber der Mann ist im Wasser und Eis des Potomac verschwunden ...

Am Tag darauf erscheint in der Washington Post ein Bericht unter der Überschrift „Heldenhafter Passagier hilft anderen – dann stirbt er". Wer der Held ist, weiß man zunächst nicht, nur so viel, dass er schätzungsweise 50 Jahre alt ist, bis es wenig später gelingt, ihn tot zu bergen: William Arland. Die Potomac-Brücke in Washington trägt nun seinen Namen.

Dass dieser tapfere Held sich für fünf andere geopfert hat, bewegt unsere Herzen zu Recht. Die fünf Geretteten werden noch heute mit großer Liebe an ihn denken. William Arland ist ihnen nicht gleichgültig. Ihm verdanken sie alles. Gehst du gleichgültig an der Tatsache vorbei, dass auch für dich einer sein Leben opferte, damit, wenn du an ihn glaubst, du nicht verloren gehst, sondern Leben, ewiges Leben erhältst? Jesus Christus, Gottes Sohn, ging am Kreuz von Golgatha in das göttliche Gericht und in den Tod. Warum? Um mich und dich vor dem ewigen Tod, vor der Hölle, die wir verdient hatten, zu retten. Welch gewaltige Botschaft! Bleibt da noch einer ungerührt und kalt? „Größere Liebe hat niemand als diese, dass jemand sein Leben lässt für seine Freunde" (Johannes 15,13).

Der Vater der Elektrizität

Diese Bezeichnung ist zutreffend für Michael Faraday (1791–1867) und sein Lebenswerk. Sein beruflicher Werdegang verläuft anders als gedacht, ja, ist einmalig. Als Sohn eines einfachen Hufschmieds erhält er in London eine Schulausbildung, die ihm gerade die Anfangsgründe des Lesens, Schreibens und Rechnens beibringt. Mit 13 Jahren beginnt er eine Buchbinderlehre. Und der fleißige Lehrling begnügt sich nicht damit, Bücher einzubinden. Nach getaner Arbeit versenkt er sich in ihr Studium. Dabei bevorzugt er vor allem naturwissenschaftliche Werke. Ein Lehrbuch der Chemie hat es ihm besonders angetan und weckt großes Interesse bei ihm. So verwendet er seinen geringen Lohn zum Kauf von Präparaten, mit denen er einfache Experimente nachmachen kann.

Gelegentlich hört er in London auch Vorträge über Physik und Chemie, für die ihm sein älterer Bruder, von Beruf Hufschmied wie sein Vater, das Eintrittsgeld schenkt. Besonders die Vorträge des durch seine Entdeckungen berühmten Chemikers Sir Humphry Davy haben es ihm angetan. Sir Davy, der Direktor der Royal Institution ist, fesselt mit seinen Vorträgen den jungen Faraday sehr. Er folgt ihnen mit größter Aufmerksamkeit und macht sich genaue Aufzeichnungen. Zu

Hause arbeitet er seine Notizen mit erläuternden Zeichnungen sauber aus.

1812 gibt Faraday seine Laufbahn als Buchbinder auf. Der Grund ist, dass ein neuer Meister ihn so sehr mit Arbeit überhäuft, dass ihm fast keine Zeit mehr bleibt, sich wie früher seinen chemischen und physikalischen Experimenten zu widmen. Er schickt Sir Davy die Ausarbeitung seiner Vorträge und bittet ihn, ihm dabei zu helfen, sich ganz der Wissenschaft zuwenden zu können. Der berühmte Gelehrte antwortet sofort sehr wohlwollend und sorgt dafür, dass Faraday als Laborgehilfe der Royal Institution eingestellt wird. Andere Mitarbeiter raten Davy, Faraday „Flaschen und Reagenzgläser schwenken zu lassen". Aber er geht nicht darauf ein. Er ist fest davon überzeugt, dass in dem ehemaligen Buchbinderlehrling ein großer Naturforscher steckt. Und so gibt er ihm die Gelegenheit, als Assistent an seinen wissenschaftlichen Arbeiten teilzunehmen. Und auf diese Weise wird Faraday „die schönste Entdeckung, die ich je gemacht habe", wie Davy seinen Entschluss später bezeichnet.

Für Faraday beginnt eine Zeit größter Anstrengungen. Mit eisernem Fleiß macht er sich daran, die Lücken seiner wissenschaftlichen Vorbildung auszufüllen. Auch die Mängel seiner bescheidenen Schulausbildung gleicht er durch intensives Arbeiten aus. Sir Davy ist außerordentlich beeindruckt. Und als er 1813 eine größere Reise nach Frankreich, Italien und in die Schweiz macht, wählt er Faraday als Begleiter, wodurch dessen Gesichtskreis sehr erweitert wird.

Von der Reise zurückgekehrt, widmet sich Faraday wieder eifrig seiner Laboratoriumstätigkeit. Seine chemischen Kenntnisse sind inzwischen so umfassend, dass er schon 1816 einen Zyklus von 17 eigenen Vorlesungen beginnt. Sie stehen unter der Überschrift: „Von den Eigenschaften, die der Materie innewohnen“ und „Von den Formen der Materie und den elementaren Stoffen“. Bereits im selben Jahr erscheint seine erste wissenschaftliche Arbeit „Die Analyse eines kaustischen Kalks aus der Toskana“. Später schreibt er: „Sir Davy gab mir als ersten chemischen Versuch diese Analyse zu einer Zeit, da meine Furcht größer war als mein Selbstvertrauen und beide weit größer als meine Kenntnisse. Zu einer Zeit, da mir der Gedanke an eine selbstständige wissenschaftliche Arbeit noch nie in den Sinn gekommen war.“

Es folgen Jahre harter Arbeit und sehr intensiven Studiums. Im Jahr 1821 heiratet er Sarah Barnard. Seine glückliche Ehe beweist nichts besser als eine Stelle aus seinen Tagebüchern; sie lautet: „Unter diesen Aufzeichnungen und Begebenheiten trage ich das Datum eines Ereignisses ein, das mehr als alle übrigen eine Quelle von Ehre und Glück für mich wurde: Wir wurden getraut am 12. Juli 1821." – Im Jahr 1825 wird er als Nachfolger von Sir Davy Direktor des Laboratoriums an der Royal Institution und 1827 Professor der Chemie. Sein weiteres Leben ist ausgefüllt von einer ununterbrochenen Reihe wissenschaftlicher Erfolge und bahnbrechender Entdeckungen. Manch einer hat von dem „Faradayschen Käfig" gehört. Das ist die Bezeichnung für eine allseitig geschlossene Hülle aus leitfähigem Material, deren Innenraum dadurch von äußeren elektrischen Feldern und elektromagnetischen Wellen abgeschirmt ist. Solche Bedingungen liegen zum Beispiel beim Auto und Flugzeug – wenn man von den Fenstern absieht – in etwa vor. Aber der „Faradaysche Käfig" war eher ein Randergebnis seiner Forschungen. Es würde zu weit führen, auf alle wissenschaftlichen Arbeiten einzugehen, die Faraday zum größten Experimentator des neunzehnten Jahrhunderts und einem der größten Entdecker der Menschheit machten. Aber zur Orientierung über sein Lebenswerk sollen wenigstens einige Stationen seiner Forschung aufgeführt werden.

Seine frühen chemischen Untersuchungen befassen sich mit der Verflüssigung des Chlors, dann folgt die Entdeckung des Benzols. Sehr wichtig sind auch seine gründlichen Untersuchungen optischer Gläser. Allein diese ersten Erfolge hätten ausgereicht, um dem Namen Faraday in der Geschichte der Naturwissenschaft einen würdigen Platz zu sichern. Aber sie sind nur das Vorspiel zu einem Lebenswerk, das sich zu immer glänzenderen Leistungen steigern soll.

Von der Chemie gerät Faraday bald in die Physik. Hier ist es vor allem das Gebiet der Elektrizität, das ihn fesselt. So versucht er, die Funktionsweise eines Elektromagneten („Strom erzeugt Magnetfeld") umzukehren und stellt dabei fest, dass ein Magnetfeld Strom erzeugt. So gipfeln seine bedeutungsvollen Experimente in der Entdeckung der Induktionsströme. Diese Entdeckung erschließt ein ganz neues Gebiet, und zwar nicht nur der Erweiterung unserer theoretischen Kenntnisse. Auch in praktischer Hinsicht ist die Wichtigkeit enorm. Faradaysche Induktionsströme arbeiten in allen elektrischen Motoren und Generatoren. Sie arbeiten in unseren Haushaltsgeräten, in den Fabriken und Kraftwerken und treiben unsere Lokomotiven an. Ohne sie säßen wir buchstäblich im Dunkeln, hätten kein Telefon und keinen PC. Und ohne die elektrische Selbstinduktion der Zündanlage würden unsere Autos nicht fahren.

Eine Entdeckung von rein wissenschaftlichem Interesse, die ein vierzigjähriger Mann nach jahrelangen Vorarbeiten gemacht hat, wird zum Ausgangspunkt riesiger Industriezweige. Die Arbeitswelt und das tägliche Leben werden grundlegend verändert. Seine Erfindungen haben ein neues Zeitalter der Menschheit eingeläutet.

Bedeutend sind auch Faradays Leistungen auf dem Gebiet des Magnetismus und der Elekrochemie. Hier entdeckt er die nach ihm benannte Naturkonstante. Diese Faraday-Konstante ist eine unveränderliche, fundamentale Größe der Physik und Chemie. Ganze Industriezweige sind ohne diese Entdeckung nicht denkbar. Er selbst führt auch die uns jetzt so geläufigen Begriffe ein wie Elektrolyse, Elektroden, Anode, Kathode, Ionen – alle diese Fachausdrücke werden von ihm geprägt. Er ist wirklich „der Vater der Elektrizität“.

Bei allen Forschungen und Entdeckungen lässt er sich nie von praktischen Gesichtspunkten leiten. Ihm geht es nur um die Lösung theoretischer Probleme. Aber die praktische Nutzung seiner Entdeckungen ist mit Händen greifbar. Die gesamte moderne Energiewirtschaft basiert auf seinen Erkenntnissen. Und schon zu seiner Zeit bieten ihm führende Industrielle astronomische Summen Geld an, um ihn für sich zu gewinnen. Aber er will nicht. Er zieht die Wissenschaft dem Reichtum vor und bleibt, obwohl er bescheiden lebt, zeitlebens arm.

Seine Zeitgenossen sind von seiner lebhaften pädagogischen Art ganz bezaubert. Mehr als 30 Jahre lang gilt er als der größte wissenschaftliche Dozent des Landes. Bei seinen methodischdidaktisch blendend gestalteten Vorträgen hängen die Zuhörer an seinen Lippen. Das gilt auch für die Vorträge, die er jedes Jahr um die Weihnachtszeit vor jugendlichen Zuhörern und Kindern hält. Der erste dieser meist sechstägigen Vorträge findet am 27. Dezember 1855 statt. Der Gatte von Queen Victoria, Prinz Albert von Sachsen-Coburg, ist mit dem Prince of Wales, dem späteren britischen König Edward VII, und mit Prinz Alfred unter den Zuhörern. Sie sitzen in der ersten Reihe genau gegenüber dem Vortragspult. Faraday gestaltet alle Versuche so einfach wie möglich. Und bei seiner Unbefangenheit und Freude am Experimentieren und Vortragen fällt ihm der Kontakt zu den jugendlichen Zuhörern sehr leicht, zumal er bei alledem nicht auf Späße verzichtet. Nach Abschluss der Vorlesungsreihe danken die beiden Prinzen mit schön geschriebenen Briefen für die Unterweisung auf dem Gebiet der Chemie. Interessanterweise werden diese „Weihnachtsvorlesungen" in der Tradition Faradays bis heute im Royal Institute fortgeführt.

Faraday ist Autor zahlreicher wissenschaftlicher Werke. Besonders sein wissenschaftliches

Tagebuch ist aufschlussreich. Die sieben Bände enthalten auf 4.000 Seiten mehr als 16.000 Eintragungen. Weite Verbreitung hat sein 29-teiliges Werk „Experimental-Untersuchungen über Elektrizität" gefunden. Und sein illustriertes Buch „Naturgeschichte einer Kerze" ist ein lebendiges Beispiel seiner Vorlesungen für Jugendliche und pädagogisch unübertroffen.

Äußere Ehren sind Faraday längst in überreichem Maß aus allen Ländern zuteilgeworden. Auf diese äußeren Zeichen der Berühmtheit legt er jedoch wenig Wert. Selbst als man ihm die höchste wissenschaftliche Stellung, die England zu vergeben hat, die Würde eines Präsidenten der Royal Society übertragen will, lehnt er ab. Er will seiner wissenschaftlichen Arbeit treu bleiben. Ebenso wenig lässt er sich bewegen, Präsident der Royal Institution zu werden, in der er seine wissenschaftliche Laufbahn auf so merkwürdige Weise begonnen hat. Zu seinem Freund John Tyndall, der ihn vergebens umzustimmen versucht, sagt er: „Ich muss einfach Michael Faraday bleiben." Die Royal Institution (www.rigb.org) hat übrigens bis heute ihren Sitz in der City von London in einem prächtigen Monumentalbau in der Albermarle Street Nr. 21, in der Nähe von Picadilly Circus. Dort befindet sich auch das völlig neu gestaltete Faraday-Museum.

Was Faraday ferner auszeichnet und ihn so anziehend, ja vorbildlich macht, ist sein Leben als Christ. Alle Biographen sind von seiner echten christlichen Haltung zutiefst beeindruckt. Deshalb sollen hier vor allem Zitate aus diesen Lebensbeschreibungen angeführt werden.

„Faraday studierte eifrig die Bibel. Dem von ihm selbst gebundenen Exemplar sieht man an, dass er immer wieder darin gelesen hat. Viele Stellen darin sind durch unterschiedliche Anstreichungen markiert."

Ein anderer – John Tyndall – hat eine besondere Erinnerung an Faradays inneres Leben aufbewahrt. Nach dem ersten Mittagessen, das er in Faradays Wohnung im Königlichen Institut einnahm, schrieb er: „Faraday sprach den Tischsegen. Fast schäme ich mich, sein Gebet als solches zu bezeichnen. In der Bibelsprache möchte man es als das Flehen eines Sohnes bezeichnen, in dessen Herz Gott den Geist seines Sohnes gesandt hat, und welcher mit unumschränktem Vertrauen den Segen von seinem Vater erfleht. Wir aßen ein Roastbeef, Kartoffeln und Yorkshire Pudding, sprachen über seine Forschungen und von seiner Gewohnheit, sich von den Zerstreuungen der Geselligkeit fernzuhalten. Er war gut gelaunt und heiter – wie ein Knabe, obgleich er 62 Jahre alt war. Seine Arbeiten erregen Bewunderung, aber der Umgang mit ihm erwärmt und erhebt das Herz. Sicher ist er ein starker Mann. Ich liebe seine männliche Stärke, und in Faradays Charakter ist sie mit Bescheidenheit, Wohlwollen und Liebenswürdigkeit vereint."

Faraday besuchte eine einfache christliche Gemeinde, die keine angestellten Prediger hatte und jeden Sonntag, bevor sie das Abendmahl feierten, Geld zum Unterhalt für die Armen sammelten. Der Physiker Professor Thompson – ein Zeitgenosse Faradays –, schreibt in diesem Zusammenhang: „Es scheint, als habe er all sein überflüssiges Einkommen zu Werken der Barmherzigkeit verwendet. Die Mitglieder der Gemeinde haben mir erzählt, dass er der Eifrigste war, wenn es galt, die ärmeren Brüder und Schwestern in ihrem eigenen Heim aufzusuchen, um sie in ihrem Kummer und ihren Heimsuchungen zu trösten, und dass er ihnen aus seinem eigenen Geldbeutel Hilfe spendete. – Sie erzählten auch, dass Faraday, wie oft er immer dringend von den Großen und Adeligen eingeladen wurde, ihr Gast zu sein, wenn es irgend anging, ablehnte, und es vorzog, eine arme, sich in Not befindende Schwester zu besuchen, ihr zu helfen, mit ihr eine Tasse Tee zu trinken, ihr aus der Bibel vorzulesen und mit ihr zu beten."

Obgleich er durch seine Forschungen weltberühmt war und Adel und Geldadel sich um persönliche Bekanntschaft mit ihm bemühten, habe ich nur einen kurzen Bericht darüber gefunden, dass er einer Einladung folgte. Das war die Bitte um seine Teilnahme an einem Mittagsmahl bei Queen Victoria auf ihrem Schloss in Windsor.

Wenn die wöchentliche Abendversammlung seiner Gemeinde stattfand, konnte ihn nichts festhalten. Er brach jede noch so wichtige Arbeit in seinem Labor ab und ging in die kleine Kapelle. Lange Zeit hindurch predigte er dort selbst Sonntag für Sonntag. Ein Zeitzeuge schreibt: „Es war einer der größten Genüsse für mich, Faraday die Bibel vorlesen zu hören. Wären es auch ein halbes Dutzend Kapitel gewesen, so hätte man doch keine Müdigkeit verspürt. Die Vollkommenheit des Vortrages, die Klarheit der Aussprache, der angemessene Ausdruck, die reiche, wie Musik tönende Stimme und die ganze Haltung des Vortragenden, voll von Ehrerbietung, machten es zu einem Vollgenuss, ihm zuzuhören. Niemals habe ich einen vorlesen hören, den ich Faraday gleichstellen könnte."

„Je mehr er die Wunder der Natur erforschte, umso größer wurde ihm die Macht Gottes. Er sagte mit aller Überzeugung: Ich weiß, dass der unsichtbare Gott in seiner Schöpfung klar zu erkennen ist, sowohl seine ewige Kraft als seine Göttlichkeit. Und ich habe nie etwas Unvereinbares zwischen Erfahrungstatsachen und höheren Dingen, die der menschliche Geist nicht erfassen kann, gesehen. – Und auf alle Einwürfe oder auf Zweifel in Bezug auf die Schöpfungslehre würde er mit den Worten der Bibel geantwortet haben: Ist für Gott irgendetwas zu schwer? – Einst hörte ich ihn von seinem Lehrstuhl aus sagen: „Ich hoffe, keiner meiner Zuhörer wird in diesen Sachen auf das hören, was man Philosophie nennt." Gegen Ende seines Lebens wurde er gefragt: „Welche Denkbilder haben Sie im Blick auf die Zukunft?" Seine Antwort lautete: „Denkbilder habe ich nicht. Ich stütze mich auf Sicherheiten", und dann zitierte er: „Ich weiß, wem ich geglaubt habe, und bin überzeugt, dass er mächtig ist, das ihm von mir anvertraute Gut auf jenen Tag zu bewahren" (2. Timotheus 1,12).

An seinem Todestag, dem 25. August 1867, fragte man ihn, ob er darüber nachgedacht habe, was er in der nächsten Welt machen werde. Seine letzten Worte waren: „Ich werde bei Christus sein, und das ist genug." („I shall be with Christ, and that is enough.")

Drei Arten von Atheisten

Ein deutscher Schriftsteller berichtet, wie er einmal mit einigen jungen Leuten am gleichen Tisch saß, die sich über Gott und andere religiöse Fragen unterhielten. Sie bezeichneten sich selbst als Gottesleugner.

Als er eine Zeit lang ruhig zugehört hatte, sagte er endlich: „Meine Herren, es gibt drei Arten von Atheisten: Die einen sind tiefe Denker, die beim Studium der philosophischen Systeme alter und neuer Zeit auf Abwege geraten und endlich an Gott irre geworden sind. Ich weiß nicht, ob solche Studien Sie dahin gebracht haben." Sie verneinten schüchtern.

„Nun, die zweite Art bilden die, welche ohne jedes eigene Urteil, wie die Papageien, die Worte, die sie am meisten hören, nachplappern. Ich hoffe, dass Sie nicht zu diesen gehören." Sie verneinten mit lebhafter Entrüstung.

„Nun denn, die dritte Art besteht aus solchen, die kein gutes Gewissen haben, in deren Leben etwas faul ist, so dass sie wünschen müssen, dass es keinen Gott der Heiligkeit und Gerechtigkeit gibt. Darum trösten sie sich mit der Behauptung: ‚Nein, es gibt keinen Gott; sündige nur weiter nach Herzenslust!' Meine Herren, eine vierte Art gibt es nicht ...“ Und damit erhob er sich und ließ die Gottesleugner mit langen Gesichtern sitzen.

Ein ungewöhnliches Experiment

Bis heute umgibt den Staufenkaiser Friedrich II. eine geheimnisvolle Ausstrahlung. Er lebte von 1194–1250 und war deutscher und römischer Kaiser. Er ist übrigens ein Enkel des legendären Friedrich I., besser bekannt als Kaiser Barbarossa. Und Heiliges Römisches Reich, das war der Titel des alten, erst im Jahr 1806 aufgelösten Deutschen Reichs. Seit dem Jahr 962 war es durch das Kaisertum Ottos des Großen mit der Tradition des Römischen Reichs verbunden und galt als dessen Fortsetzung.

Das Geschlecht der Staufer geht auf den Schwaben Friedrich von Büren (gest. 1094) zurück. Dessen Stammsitz war die im 11. Jahrhundert erbaute und heute so gut wie verschwundene Burg auf dem mächtigen Bergmassiv des Hohenstaufen bei Göppingen.

Hast du schon gewusst, dass die Hohenzollern – die spätere preußische Dynastie – auch aus dem Schwabenland stammen? Denn ihre Stammburg Hohenzollern liegt südlich von Hechingen am Rand der Schwäbischen Alb und geht ebenfalls auf eine ursprünglich dort vorhandene Burg aus dem 11. Jahrhundert zurück. So interessant ist die Geschichte!

Nun aber zurück zu dem Staufenkaiser Friedrich II. Er war eine überaus vielseitige Persönlichkeit. Obwohl im Dom zu Aachen zum Kaiser gekrönt, lebte er die meiste Zeit im sonnigen Süden, und zwar in Palermo auf Sizilien.

Seine Begabung zeigte sich nicht nur in der Staatsführung, sondern auch in der Erforschung der Natur und Förderung der Wissenschaften. Das von ihm stammende Falkenbuch ist bis heute sehr bekannt. Er jagte nämlich leidenschaftlich gern mit Greifvögeln.

Von seinen vielen Experimenten ist eins besonders bekannt und ungewöhnlich. Und zwar gab er einmal den Befehl, neugeborene Säuglinge in einem eigens dafür hergerichteten Heim auf das Sorgfältigste zu betreuen. Aber eine Bedingung war streng zu beachten: Es musste alles in strengster Isolation geschehen.

Am besten lassen wir hier den zeitgenössischen Chronisten Salim von Parma zu Wort kommen, der Folgendes darüber berichtet: „Friedrich befahl nämlich den Ammen und Pflegerinnen, sie sollten den Kindern Milch geben, dass sie an den Brüsten saugen möchten, sie baden und waschen, aber in keiner Weise mit ihnen sprechen oder liebkosen. Er wollte nämlich erforschen, ob sie die hebräische Sprache sprächen, als die älteste, oder griechisch oder lateinisch oder arabisch oder aber die Sprache ihrer Eltern, die sie geboren hatten."

Ein unmenschliches Experiment – so würden wir heute mit Recht urteilen. Und es ist zutiefst erschütternd, zu welchem Ergebnis dieser Versuch führte: Nicht ein einziges Kind überlebte. Alle starben nach einer gewissen Zeit.

Hier noch einmal der Chronist, wie er den Verlauf beschreibt: „Aber der Kaiser bemühte sich vergeblich, weil die Knaben und anderen Kinder alle starben. Denn sie vermochten nicht zu leben ohne die Koseworte ihrer Ammen und Ernährerinnen, ohne das Händepatschen und fröhliche Gesichtermachen."

Bei aller zu verurteilenden Grausamkeit dieses Experiments hat es zu einem klaren Resultat geführt: Denn nicht die Ursprache der Menschheit kam zutage, wohl aber die absolute Wahrheit, dass der Mensch ein Urbedürfnis nach Worten und Taten der Liebe hat, ohne die er nicht leben kann.

Wie jenen bedauernswerten Kindern, so geht es auch uns. Denn es steht geschrieben: „Nicht von Brot allein soll der Mensch leben, sondern von jedem Wort Gottes“ (Lukas 4,4). Ohne das Wort Gottes und seine liebevolle Zuwendung sind wir Todgeweihte. Aber Gott sei Dank dafür, unser Gott ist ein redender Gott! Er hat zu uns Menschen gesprochen. Gott ist nicht stumm wie die Götzen, sondern er hat immer wieder geredet.

„Nachdem Gott vielfältig und auf vielerlei Weise ehemals zu den Vätern geredet hat in den Propheten, hat er am Ende dieser Tage zu uns geredet im Sohn …“ (Hebräer 1,1). Deutlicher konnte Gott seine Hinwendung zu uns nicht kundtun, indem er in der Person seines Sohnes Jesus Christus offenbar machte, wie sehr er uns liebt. Und diese Liebe erstrahlt am hellsten dort am Kreuz auf dem Hügel Golgatha, wo sein Sohn für Sünder im Gericht stand. Was ist deine Antwort darauf?

Wien ist eine Reise wert

Wer möchte die berühmte Hauptstadt Österreichs nicht einmal kennenlernen? Wien – Sinnbild für Schönheit und prunkvolle Architektur. Aber auch für große Entscheidungen und Katastrophen. Im Jahr 1590 erschüttert ein schweres Erdbeben die Stadt. Zweimal wird Wien von türkischen Heeren belagert. 1683 schlägt Prinz Eugen, „der edle Ritter", die Eindringlinge endgültig in die Flucht. Kurz vorher, im Pestjahr 1679, wird Wien von einer todbringenden Seuche heimgesucht. In kurzer Zeit werden 30.000 Menschen hinweggerafft.

Ich könnte erzählen von Maria Theresia (1717–1780), der Kaiserin von Österreich und Königin von Böhmen und Ungarn, dieser beliebten und mütterlichen Herrscherin, die ihrem Gemahl Kaiser Franz I. sechzehn Kinder schenkte und große Politik machte. Ich könnte von dem Wiener Kongress (1814–1815) berichten, auf dem nach dem Tod Napoleons eine Neuordnung Europas geschaffen wurde. Und schließlich wäre die Glanzzeit der Donaumonarchie unter Kaiser Franz-Josef I. zu erwähnen. Und dann die weniger ruhmreiche Zeit des Zweiten Weltkrieges, die 200.000 Wienern das Leben kostete und bei der Wien 52 Luftangriffe und 10 Kampftage im Stadtgebiet erlebte.

Wer heute nach Wien kommt, sieht von dem Schrecklichen, das die Stadt im Lauf der Geschichte erfahren hat, nichts mehr. Mit seiner überschäumenden Vielfalt und doch irgendwie geruhsamen Lebendigkeit zeigt sich Wien mit seinen vielen Sehenswürdigkeiten von der schönsten Seite. Stefansdom und Hofburg, Schlösser und Prater, Museen und Spanische Reitschule – Wien bietet so viel wie kaum eine andere Stadt. Und dem Besucher fällt es nicht leicht, bei einem nur kurzen Aufenthalt die richtige Auswahl zu treffen.

Da ist zum Beispiel eine meist verpasste Sehenswürdigkeit ersten Ranges, weil sie ein wenig versteckt liegt. Dabei sind es von der belebten Fußgängerzone der Kärntner Straße nur einige Schritte und zwischen Stefansdom und Albertina nur wenige Minuten Fußweg bis zu der von Touristen leicht übersehenen Kapuzinergruft. Gleich neben der bescheidenen Kapuzinerkirche führt in einem Nachbargebäude mit unscheinbarer Fassade eine lange Treppe mit vielen Stufen hinab in die Kapuzinergruft, auch Kaisergruft genannt.

Hier sind in zum Teil sehr prunkvollen Sarkophagen 138 Mitglieder des österreichischen Kaiserhauses der Habsburger bestattet. Die lange Liste der Gräber reicht von Kaiser Maximilian und Kaiserin Anna (beide 1618 gestorben), den Begründern der Familiengruft, über die Kaiserin Maria Theresia, Kaiserin Elisabeth („Sissi“, 1898 in Genf ermordet) bis zu Otto von Habsburg (1912–2011), um nur einige zu nennen. Jedenfalls ruft ein Besuch in der Kaisergruft manche Erinnerung an bedeutende Ereignisse europäischer Geschichte wach. Eine vergleichbare Stätte ist die Hohenzollerngruft im Deutschen Dom in Berlin.

Besonders interessant waren die Zeremonien, die sich bei kaiserlichen Begräbnissen in Wien abspielten. Zunächst wurde der tote Kaiser, von einem prächtigen Trauerzug begleitet, auf einem prunkvollen Leichenwagen vorgefahren. Der Trauerzug bestand aus der kaiserlichen Familie bis zu den jüngsten Prinzen und Prinzessinnen, den Grafen und Herzögen. Es folgten der Hofmarschall und die Generäle, die Minister, hohe Offiziere und viele andere.

Nun wurde der Sarg vor der verschlossenen Kapuzinergruft abgestellt. Der Zeremonie-Meister klopfte an die Tür. Dann wurde von innen heraus eine laute Stimme vernommen: „Wer begehrt Einlass?“, worauf der Zeremonie-Meister mit dem sogenannten „großen Titel“ des Verstorbenen antwortete. „Hier ist seine kaiserlich-königliche Majestät, der Kaiser von Österreich und König von Ungarn.“ Aus dem Innern schallte es zurück: „Den kenne ich nicht.“

Und wieder klopft der Zeremonie-Meister an die schwere Tür. Von innen ertönt dieselbe Frage: „Wer begehrt Einlass?“ Jetzt antwortete der Zeremonie-Meister mit dem sogenannten „kleinen

Titel“ des Verstorbenen: „Hier ist seine Durchlaucht, der Fürst von Böhmen, Großherzog von Parma, Graf von Montenegro, Prinz von Lothringen und König von Jerusalem.“ Und wieder ertönte die Antwort: „Den kenne ich nicht.“ Und dann wiederholte sich die feierliche Handlung ein drittes Mal. Doch diesmal antwortet der Zeremonie-Meister auf die Frage schlicht: „Hier kommt ein armer Sünder und bittet um Gottes Gnade.“ Jetzt öffnete sich die mächtige Tür und dem Toten wurde Einlass gewährt.

Das ist mehr als nur eine ergreifende Geschichte. Sie zeigt beispielhaft, wie man in den Himmel kommen kann. Jedoch fällt eine solche Entscheidung keinesfalls nach dem Tod, sondern zu Lebzeiten, hier und heute.

Was lernen wir daraus? Menschliche Vorzüge, Titel und Orden zählen nicht. „Denn es ist kein Ansehen der Person bei Gott“ (Römer 2,11). Ob Kaiser oder Bettelmann, ob Professor oder Analphabet, Weiße oder Schwarze – bei ihm sind alle gleich. Sie sind allesamt Sünder. Das ist der gemeinsame „Titel“ aller. „Denn es ist kein Unterschied, denn alle haben gesündigt und erreichen nicht die Herrlichkeit Gottes …“ (Römer 3,23). So gesehen sind wir eine klassenlose Gesellschaft, die den wenig schönen Namen „Sünder“ trägt. Von unserer Natur her gibt es keinen Unterschied, absolut keinen.

Und dennoch: Es gibt zwei Gruppen von Sündern. Die eine will von Gottes Heilsplan und Gnadenangebot nichts wissen. Anstatt umzukehren und an den Heiland zu glauben, will man weiter sündigen. Die andere Gruppe, das sind solche, die Gottes Ruf zur Umkehr vernommen, ihm gehorcht und echte Buße getan haben. Durch den Glauben an den Herrn Jesus als ihren Retter hat ihr Leben eine ganz neue Richtung bekommen. Sie sind begnadigte Sünder, freigemacht für den Himmel und passend für Gottes Gegenwart. Von ihnen sagt die Bibel: „... und werden umsonst gerechtfertigt durch seine Gnade, durch die Erlösung, die in Christus Jesus ist ..." (Römer 3,24).

Warum umsonst? Weil Gotteskindschaft mit keinem Preis dieser Welt zu erwerben ist. Der Preis hierfür ist unbezahlbar. Auch durch gute Werke kann er nicht abgezahlt werden. Gott schenkt das ewige Leben deshalb umsonst, weil einer den Preis für die Vergebung bezahlt hat: sein geliebter Sohn Jesus Christus, „den Gott dargestellt hat als ein Sühnmittel durch den Glauben an sein Blut ..." (Römer 3,25). Durch keinen geringeren Preis konnte meine und deine Schuld beglichen werden.

Heute noch ruft der Herr Jesus uns zu: „Nicht die Gesunden brauchen einen Arzt, sondern die Kranken; ich bin nicht gekommen, Gerechte zu rufen, sondern Sünder zur Buße“ (Lukas 5,31.32). So gibt es auf der ganzen Erde nur zwei Gruppen von Menschen: Begnadigte und verlorene Sünder. Eine dritte Gruppe gibt es nicht. Zu welcher von beiden gehörst du?

Fassade genügt?

Einer der volkstümlichsten Dichter seiner Zeit war Christian Fürchtegott Gellert (1715–1769). Schon früh wurde er Professor für Dichtkunst und Rhetorik an der Universität Leipzig. Wir verdanken ihm vor allem bekannte Lieder, wie zum Beispiel „Die Himmel rühmen des Ewigen Ehre“, „Wenn ich, o Schöpfer, deine Macht …“ und „Jesus lebt, mit ihm auch ich“.

Vor Antritt seiner Professur wirkte Gellert als Pädagoge. Eine Gräfin suchte für ihren sechsjährigen Sohn einen hervorragenden Erzieher. Kein Wunder, dass ihr Gellert empfohlen wurde.

So ließ sie den jungen Gellert zu sich kommen. Sie war von seiner Persönlichkeit sehr beeindruckt. Sie meinte aber, ihm noch einige Ratschläge mit auf den Weg geben zu müssen: „Machen Sie aus meinem Sohn keinen gelehrten Pedanten. Ich verlange nichts als einen leichten Anstrich von

Sprachen, Geschichte, Geographie, Mathematik und Chemie. Und machen Sie aus meinem Sohn nur ja keinen ständig betenden Christen. Es genügt mir vollkommen, wenn mein Sohn die Zehn Gebote und den Katechismus lernt und sonntags zur Kirche geht. Ich verlange von allem nur den richtigen Anstrich."

Gellert hörte sich die Wünsche seiner künftigen Brotgeberin geduldig an. Nach einer kurzen Pause des Nachdenkens sagte er: „Wenn das Ihr Vorhaben ist, Gräfin, dann darf ich untertänigst raten: Nehmen Sie lieber einen Anstreicher!" Damit verneigte er sich kurz und ging.

Respekt vor diesem mutigen Wort! Auch die Bibel kennt nur echt und unecht, warm oder kalt. Lauheit ist Gott zuwider. In seinem Wort lesen wir: „Ich kenne deine Werke, dass du weder kalt noch warm bist. Ach, dass du kalt oder warm wärest! So, weil du lau bist und weder warm noch kalt, werde ich dich ausspeien aus meinem Mund" (Offenbarung 3,15-16). Entweder bist du ein Christ oder du bist keiner. Bloße Christlichkeit als frommer Lack genügt nicht.

Wie wird man denn ein Christ? Die Antwort lautet: „Und es wird geschehen: Jeder, der irgend den Namen des Herrn anruft, wird errettet werden" (Apostelgeschichte 2,21). Das ist es. Christ wird man nur durch echte Umkehr und den Glauben an den Herrn Jesus. Alles andere hat keinen Bestand und bröckelt ab, ist nichts anderes als Anstrich und Fassade.

Ich will für dich gehen

Auschwitz, Ende Juli 1941. Beim abendlichen Appell fehlt in Block 14 ein Häftling. Ihm ist die Flucht gelungen. Lagerführer Fritsch schäumt vor Wut und macht seine Drohung wahr: 10 Mann müssen zur Strafe in den Hungerbunker. Hungerbunker – das bedeutet Tod, langsame, entsetzliche Qual des Verhungerns.

Fritsch ruft willkürlich die Nummern von 10 Häftlingen auf. Die Männer treten heraus, einige stramm und gefasst, andere zitternd und weinend. Unter ihnen Franz Gajownizek, ein junger Pole, auf den zu Hause eine junge Frau und zwei kleine Kinder warten. Er taumelt aus der Reihe hervor, und voll Verzweiflung und Angst ruft er den Namen seiner Frau Helena und seiner beiden Kinder.

Blind und taub vor Zorn, tut Fritsch so, als sähe und hörte er nichts. Sein Adjutant Palitsch, der sich Fritsch mit Leib und Seele verkauft hat, brüllt mit der eiskalten Stimme eines Henkers einen neuen Befehl: „Schuhe weg!“ Um in den Tod zu gehen, braucht man keine Schuhe mehr. Und das Klappern der zusammengeworfenen Holzschuhe vermischt sich mit dem Stöhnen der Todgeweihten.

Da plötzlich geschieht etwas Unfassbares. Aus dem vor Furcht und Grauen erstarrten Block der angetretenen Häftlinge löst sich ein elfter und tritt zu den zehn herausgerufenen Männern hervor. Und mit fester Stimme wendet er sich an den Lagerführer Fritsch:

„Ich möchte für diesen dort sterben.“
„Was? Du willst in den Bunker? Für wen?“
„Für ihn dort, er hat Frau und Kinder.
Auf mich wartet keine Familie zu Hause.“
Langes Schweigen. – Dann sagt Fritsch:
„Meinetwegen. Geh du!“

Auf der Zehnerliste streicht Palitsch sorgfältig eine Nummer durch und setzt eine andere dafür ein: 16670, die Nummer von Maximilian Kolbe, 47 Jahre alt.

Der Kommandant drängt. Nicht einmal danken kann Gajownizek seinem Retter. Nur kurz schaut er ihm in die Augen. Und während er wie im Traum in den angetretenen Block zurücktritt, werden die anderen in den Todesbunker getrieben, als Zehnter und Letzter Maximilian Kolbe.

Einer der Kerkermeister ruft ihnen höhnend nach: „Ihr werdet eingehen wie die Tulpen!“ Und über dem schwarzen Abgrund schließt sich die schwere eiserne Tür.

Feuchte und dunkle Zellen ohne Lichtschacht und ohne Pritschen erwarten sie. Das Verlies nimmt die neu Angekommenen auf, und durch feuchte Mauern dringen ihnen die Klageschreie der Verurteilten entgegen, die hier schon halb verdurstet und verhungert liegen.

Langsam wird es still in den Katakomben. Ganz still. Und dann geschieht etwas Ungewöhnliches. Die Wächter, abgestumpft gegen alle Äußerungen menschlicher Qual, trauen ihren Ohren nicht: Die Todeskandidaten beginnen zu singen. Schwache Stimmen antworten aus den anderen Zellen. Die Eingeschlossenen haben in ihrer Hoffnungslosigkeit einen Tröster gefunden. Maximilian Kolbe hilft ihnen, das grauenhafte, langsame Sterben zu ertragen.

Fast vierzehn lange Tage und Nächte sind vergangen. Nur noch vier Überlebende sind im Bunker, unter ihnen Maximilian Kolbe. Er allein ist noch bei Bewusstsein, als ihm am Montag, dem 14. August 1941, der Aufseher die tödliche Phenolspritze gibt.

Jahrzehnte sind inzwischen vergangen. Jener Pole Gajownizek ist sehr alt geworden. Man fragte ihn: „Wie lebst du denn heute?" Und immer wieder sagte er: „Es ist immer noch, als wäre ich noch einmal geboren." Diese Liebe und Hingabe, dieser Mut des anderen, der an seine Stelle trat, brannten sich unauslöschlich in sein Herz. Jesus Christus spricht: „Größere Liebe hat niemand als diese, dass jemand sein Leben lässt für seine Freunde" (Johannes 15,13).

Das ist unsere Situation. Wir sind unserer vielen Sünden wegen Verurteilte und haben nichts zu erwarten als den Tod und die Hölle. So ist die nüchterne Schau der Bibel. Und sie bleibt wahr, auch wenn man sie nicht wahrhaben will. Denn die Diagnose Gottes über die von ihm abgefallenen Geschöpfe ist unbestechlich. Ohne Wenn und Aber müssen wir uns das klarmachen.

Und wer sich so sieht, der weiß auf einmal, wie es wirklich um ihn steht. Und er empfindet tief, dass er ein zu Recht Verurteilter ist, und hat den einen Wunsch, frei zu werden, frei von aller Sündenschuld. Und dann tritt jemand zu dir, um dir das Unbegreifliche zuzurufen: „Ich bin bereit, an deine Stelle zu treten. Ich will für dich gehen. Gericht und Tod will ich auf mich nehmen. Ich, Jesus Christus, Gottes Sohn, trage deine Strafe, damit du frei ausgehst. Deshalb bin ich an das

Kreuz von Golgatha gegangen, damit du das Leben, ewiges Leben, erhältst."

Und wer dieses Angebot des Herrn Jesus im Glauben erfasst, der versteht, was die Bibel mit „neu geboren werden" meint. Wir sind als Menschenkinder durch unsere natürliche Geburt auf die Welt gekommen. Und die Sünde hat uns gründlich verdorben und unzählige Früchte der Bosheit – in Gedanken, Worten und Werken – hervorgebracht. „Denn der Lohn der Sünde ist der Tod, die Gnadengabe Gottes aber ewiges Leben in Christus Jesus, unserem Herrn" (Römer 6,23). Diese Gnadengabe Gottes ist das, was unserem Leben erst Sinn und Hoffnung gibt: nämlich wiedergeboren zu werden für das Leben mit Gott. Wiedergeburt, das ist die beglückende Erfahrung, dass mein Heiland für mich in Gericht und Tod ging, damit ich dadurch aus dem Tod in das Leben komme.

Abraham Lincoln

Abraham Lincoln (1809–1865) gilt bis heute bei den Amerikanern als Verkörperung der besten Eigenschaften ihrer Nation. Wen wundert es da, wenn das ganze Volk wie vor Schreck erstarrte, als am 15. April 1865 die Nachricht über die

Telegrafen ging, dass der geliebte Präsident durch einen Fanatiker erschossen worden war.

Lincoln stammte aus sehr ärmlichen Verhältnissen und arbeitete in seiner Jugend hart auf einer Farm in Kentucky. Es war ein langer und harter Weg, bis er 1861 der 16. Präsident der Vereinigten Staaten von Amerika wurde.

Sein Wahlsieg war der Auslöser zum Abfall der Südstaaten und zum Sezessionskrieg, dem amerikanischen Bürgerkrieg. Elf Südstaaten traten aus der Union aus und schlossen sich unter ihrem eigenen Präsidenten Davis zu den Konföderierten Staaten von Amerika zusammen. Die Nordstaaten hingegen beharrten darauf, dass die Union unauflösbar ist.

Es war ein erbitterter Krieg, bis am 9. April 1865 General Lee namens der konföderierten Truppen kapitulierte und die Nordstaaten unter ihrem Oberbefehlshaber Grant den Sieg davontrugen. Fortan war dank Lincoln die Sklavenhaltung in allen Staaten der Union verboten und stand unter strenger Strafe.

Abraham Lincoln zeichnete sich durch Ruhe, Einsicht und politische Klugheit aus. Durch seine historische Erklärung vom 22. September 1862 verlieh er den Sklaven der Südstaaten die Freiheit.

So gewann er durch Größe und Schlichtheit das Herz der gesamten amerikanischen Nation.

Heute noch ist den Amerikanern kein Name ihrer Präsidenten so teuer wie der Name Lincolns. Und es ist nicht schwer herauszufinden, warum das so ist: Kein Hilfesuchender kam vergeblich zu ihm, auch wenn er zu den Ärmsten der Armen gehörte, Lincoln hatte Mitleid und half, wann immer er konnte.

Es gab eine Zeit in seiner Präsidentschaft, wo manche der Meinung waren, er zeige zu viel Nachsicht. Damals hielten viele Soldaten nicht viel von Disziplin. Manche weigerten sich, den militärischen Vorschriften zu gehorchen. Das geschah nicht immer mit Absicht. Oft genug verstanden sie die Vorschriften einfach nicht.

Das Kriegsgericht verurteilte sie kurzerhand zum Tod durch Erschießen, aber Lincoln begnadigte sie stets. Doch bald gab es Schwierigkeiten. Er bekam den massiven Widerstand seiner Offiziere zu spüren, die behaupteten, er sei zu barmherzig. Und endlich brachten sie ihn zu der Erklärung, wenn jemand vom Kriegsgericht verurteilt wäre, so sei er auch ohne Aufschub zu erschießen.

Wenige Wochen später wurde gemeldet, dass ein junger Soldat auf einem wichtigen Wachposten eingeschlafen sei. Er wurde vom Kriegsgericht zum Tod durch Erschießen verurteilt. Da schrieb der junge Soldat einen Brief an seine Mutter: „Liebe Mutter, du darfst nicht denken, ich hätte mein Vaterland nicht lieb. Die Sache kam so: Mein Kamerad war krank, und ich zog für ihn auf Wache. In der nächsten Nacht wäre er wieder an der Reihe gewesen. Aber weil er noch krank war, übernahm ich erneut seine Wache und schlief ein, ohne es zu wollen. Es war nicht meine Absicht, gewissenlos zu sein …"

Es war ein ergreifender Brief. Vater und Mutter sagten, es wäre keine Hoffnung mehr für ihn, und einen Aufschub des Urteils gäbe es nicht mehr. Aber es war eine kleine Schwester im Haus, und das Kind wusste, dass Abraham Lincoln selbst einen Sohn hatte, den er sehr liebte. Dem Mädchen wurde klar, wenn der Präsident wüsste, wie sehr ihr Vater und ihre Mutter ihren Bruder liebten, so würde er nicht zulassen, dass er erschossen würde. Kurz entschlossen setzte sie sich in den Zug, um zum Präsidenten zu fahren und für ihren Bruder zu bitten.

Als sie an den Amtssitz des Präsidenten kam, war sie in Verlegenheit, wie sie an dem Wachsoldaten vorbeikommen sollte. Sie erzählte dem Mann ihre Geschichte, und die Tränen liefen ihm die Wangen herunter. Er ließ sie passieren.

Aber wie sollte sie nun an dem Sekretär und an den anderen Beamten vorbeikommen? Doch es gelang ihr, und sie kam ungehindert in Lincolns großes Amtszimmer, wo er und die Senatoren mit ernsten Staatsangelegenheiten beschäftigt waren. Der Präsident sah das Kind, rief es zu sich und sagte: „Mein Kind, was kann ich für dich tun?“

Sie erzählte ihm ihre Geschichte. Alsbald schwammen seine Augen in Tränen. Er war auch Vater, und sein Herz wurde im Innersten bewegt. Er war gütig gegen das Mädchen und seinen Bruder und hob auf der Stelle die Vollstreckung des Urteils auf. Darüber hinaus gab er dem jungen Soldaten dreißig Tage Urlaub und sandte ihn nach Hause, damit er seine Eltern besuchte. Sein Herz war voll Mitleid mit ihm und seiner Familie.

Und nun lassen wir es uns ins Herz schreiben: Der Herr Jesus hat viel mehr Mitleid als irgendein Mensch. Es bleibt wahr: „Die Seele, die sündigt, die soll sterben“ (Hesekiel 18,4). Und wir sind – im Gegensatz zu dem jungen Soldaten – mit Recht verurteilt. Aber wer zu ihm kommt, die Sünde aufrichtig bekennt und sie lässt, zu dem spricht er: „Deine Sünden sind vergeben … Dein Glaube hat dich gerettet; geh hin in Frieden“ (Lukas 7,48.50).

Pascal

Blaise Pascal, der französische Mathematiker und Physiker, zählt zweifellos zu den größten Genies der Menschheit. Er wurde 1623 in Clermont-Ferrand geboren und starb, erst 39 Jahre alt, 1662 in Paris. Die Fülle seiner grundlegenden wissenschaftlichen Untersuchungen und Entdeckungen ist enorm.

Mit 17 Jahren entwickelt er den später nach ihm benannten Pascal'schen Satz, eine in der projektiven Geometrie wichtige Erkenntnis über die Kegelschnitte. Bald folgt eine Entdeckung nach der anderen. So ist er der Entdecker uns heute so bekannter Erscheinungen wie die Abnahme des Luftdrucks mit zunehmender Höhe oder das Gesetz der kommunizierenden Röhren. Grundlegende Arbeiten Pascals befassten sich auch mit der Kombinatorik und der Wahrscheinlichkeitsrechnung. Selbst die Differentialrechnung und die Integralrechnung, die später der deutsche Mathematiker Gottfried Wilhelm Leibnitz (1646–1716) weiterentwickelte, gehen auf seine Überlegungen zurück.

Bis heute wird das Andenken Pascals in den Wissenschaften in hohen Ehren gehalten. Jeder, der etwas von Wetterkunde versteht, weiß, dass der Luftdruck weltweit in Hekto-Pascal gemessen wird. Bei jedem ausführlichen Wetterbericht wird auf diese Weise an Pascals Name erinnert. Und wenn jemand ein Computerspezialist ist, dann kennt er die nach ihm benannte Programmiersprache Pascal oder die Version Turbo-Pascal.

Weniger bekannt ist, dass Blaise Pascal gläubiger Christ war. Seine hochgradige Begabung und alle wissenschaftlichen Erfolge konnten ihn nicht ausfüllen und glücklich machen. Es gibt eine Fülle von zuverlässigen Quellen, die belegen, welche Gedanken der glänzende Naturwissenschaftler und Entdecker über den christlichen Glauben hat.

Der 23. November 1654 brachte die entscheidende Wende im Leben Pascals. Ihm wurde zutiefst bewusst, dass alle wissenschaftlichen Erkenntnisse – seien es physikalische, mathematische, astronomische oder andere – letzten Endes in ein Erschrecken der Seele über die menschliche Unzulänglichkeit und Verlorenheit führen. Und durch das Studium des Wortes Gottes kam er zum lebendigen Glauben an Jesus Christus.

In seinem umfangreichen Werk „Pensees“ (= Gedanken) und in seinen anderen Schriften können wir seine Hinwendung zu Christus miterleben. So schreibt er im Blick auf die Wissenschaft:

„Die letzte Schlussfolgerung der Vernunft ist, dass sie einsieht, dass es eine Unzahl Dinge gibt, die sie nicht zu fassen vermag. Was wird man von den übernatürlichen Dingen sagen, wenn sie schon die Dinge der Natur nicht fassen kann?"

Und im Blick auf den Menschen kommt er zu der folgenden Erkenntnis:

„Je einsichtiger man ist, um so klarer sieht man Größe und Elend im Menschen. Die Philosophen verblüffen den Durchschnittsmenschen. Die Christen verblüffen den Philosophen."

Ausführlich befasst sich Pascal mit der Erfüllung biblischer Prophetie. Kennzeichen dieser Prophetie ist, dass sie eintrifft. Was Gott durch sein Wort sagt und voraussagt, das hält er und das geschieht. Hören wir Pascal:

„Der überzeugendste Beweis Jesu Christi sind die Prophezeiungen. Deshalb hat Gott für sie gesorgt, denn die Geschehnisse, durch die sie erfüllt sind, sind beständige Wunder … Hätte ein beliebiger Einzelner ein Buch mit Weissagungen der Zeit und der Erscheinungsart Jesu Christi verfasst und wäre Jesus Christus übereinstimmend mit diesen Prophezeiungen erschienen, so wäre das von höchster Überzeugungskraft. Hier aber ist noch mehr: Vier Jahrtausende lang gab es Menschen, die einer auf den anderen folgten, um dasselbe Ereignis kundzutun. Da ist ein ganzes Volk, das ihn verkündet und das vier Jahrtausende besteht, um von den Verheißungen, die ihm zuteil wurden, wie ein Mann Zeugnis abzulegen, und zwar ungeachtet aller Drohungen und Verfolgungen. Das ist unvergleichlich viel bedeutsamer.

Aus diesem Grund lehne ich alle anderen Religionen ab ... So erhebe ich meine Arme zu meinem Erlöser, der, nachdem er vier Jahrtausende geweissagt war, gekommen ist, um für mich auf Erden zu leiden und zu sterben, zur Stunde und in der Weise, wie es im Voraus verkündet war.

Und durch seine Gnade erwarte ich den Tod in Frieden und in der Hoffnung, auf ewig mit ihm vereint zu sein. Und bis dahin lebe ich froh und zufrieden mit dem, was ihm gefiel, mir zu geben. Und ich bin zufrieden auch mit den Leiden, die er mir zu meinem Heil gesandt und die zu erdulden mich sein Beispiel gelehrt hat. – Auf Jesus Christus schauen beide Testamente, das Alte Testament in der Erwartung, das Neue Testament auf ihn als Urbild und beide auf ihn als Mittelpunkt."

Und in dem folgenden kurzen Gedicht bringt er seine feste Glaubenszuversicht so gut und prägnant zum Ausdruck:

Ich weiß, dass du mein Vater bist,
in dessen Arm ich wohl geborgen.
Ich will nicht fragen, wie du führst,
ich will dir folgen ohne Sorgen.

Und gäbest du in meine Hand
mein Schicksal, dass ich selbst es wende,
ich legt' mit kindlichem Vertrau'n
es doch zurück in deine Hände.

Diese Worte eines der größten Naturwissenschaftler der Menschheit sind beeindruckend. Doch nicht die Höhe des Intelligenzquotienten entscheidet über Himmel oder Hölle. Ob Nobelpreisträger oder Durchschnittsbürger – die Bibel sagt ohne Ansehen der Person jedem, worauf es ankommt. Christus selbst ruft dir zu: „Kommt her zu mir, alle ihr Mühseligen und Beladenen, und ich werde euch Ruhe geben" (Matthäus 11,28). „Wer an den Sohn glaubt, hat ewiges Leben; wer aber dem Sohn nicht glaubt, wird das Leben nicht sehen, sondern der Zorn Gottes bleibt auf ihm" (Johannes 3,36).

Der Zeit-Irrtum

Von Blaise Pascal stammt der Satz:

> „Wir irren in Zeiten, die uns nicht gehören, und die einzige, die uns gehört, nehmen wir nicht wahr."

Mag sein, dass diese Aussage auf den ersten Blick schwer verständlich erscheint. Sie ist es aber nicht. Was meint er damit? Etwas ganz Entscheidendes: Er lenkt unseren Blick auf das Heute! Heute – das ist der Scheitel der Zeit. Da wird die uns zugemessene Zeitstrecke unterteilt. Denn was gestern war, ist Vergangenheit. Was morgen sein wird, ist Zukunft.

Heute, das ist die kurze Zeitspanne, die jetzt gleichsam auf der Waage liegt. Die Zeit, in der ich jetzt atme, lebe, lese, nachdenke. Dieses Heute kann ich nicht festhalten. Es hat keine Dauer. Es kehrt niemals in derselben Weise und unter denselben Umständen wieder. Was jetzt „Heute" heißt, wird im nächsten Augenblick vom Strom der Zeit weggespült. Es lässt sich nicht wieder zurückholen. Das Vergangene ist meinem Zugriff entzogen. Wer das Heute versäumt, versäumt das Leben. Denn leben heißt, das Heute nutzen und gestalten. Wann fallen die Entscheidungen unseres Lebens? Im Heute. Und doch: „Wir irren in Zeiten, die uns nicht gehören.“ Zum Beispiel denkt das Kind: „Ach, hätte ich doch erst einen Schulranzen und könnte wie mein Freund zur Schule gehen!“ Und dann geht es weiter nach der Melodie des „hätte, wäre, könnte …“

… wäre die Schulzeit doch endlich vorbei, hätte ich doch eine Ausbildungsstelle oder einen Studienplatz,
… hätte ich die Prüfungen doch schon hinter mir,
… könnte ich doch einen guten Job finden,
… hätte ich doch einen lieben Ehepartner, der zu mir passt,
… hätten wir unser Haus endlich abbezahlt,
… wären unsere Kinder doch schon groß,
… würde uns doch die Gesundheit nicht so viel Sorge machen.

Und dann ist irgendwann der Punkt erreicht, an dem man der Vergangenheit nachtrauert, nach der Melodie: „Man müsste noch mal zwanzig sein.“ Achte einmal darauf: Die Jungen sprechen mit Vorliebe von der Zukunft, und die Alten reden von der Vergangenheit. Ob Jung oder Alt, alle „irren in Zeiten, die ihnen nicht gehören“. Die vergangene Zeit ist erstarrt zu kalter, unbeweglicher Lava, und die Zukunft ist oft nur eine Fata Morgana: „… und die einzige, die uns gehört, nehmen wir nicht wahr.“

Welche Zeit gehört mir denn wirklich? Das Heute, die Gegenwart! Es ist das Stückchen Zeit, das ich jetzt zur Verfügung habe. In wenigen Sekunden schon ist es Vergangenheit. Jetzt begegnet uns Gott in seiner Gnade, seinem Reden, seiner Nähe. Als Jesus Christus in diese Welt kam, hat Gott die Menschen in das Heute seines Heils und seiner Gnade gerückt: „Denn euch ist heute in der Stadt Davids ein Erretter geboren, welcher ist Christus, der Herr“ (Lukas 2,11).

Dasselbe geschieht jedes Mal, wenn durch die Verkündigung – ob durch das gesprochene Wort oder durch eine Schrift wie diese – Jesus, der auferstandene und lebendige Herr, einem Menschen in den Weg tritt. So wie damals bei dem Zöllner-Oberst Zachäus in Jericho: „Denn heute muss ich in deinem Haus bleiben“ (Lukas 19,5). In deinem Haus, in deinem Herzen! Die Speerspitze der Entscheidung ist auf dich gerichtet! Heute gilt es, Ohren und Herz aufzutun. Heute ruft dich Gott. „Jetzt gebietet er den Menschen, dass sie alle überall Buße tun sollen“ (Apostelgeschichte 17,30). Jetzt ist die Stunde, die Gott setzt. Es ist nicht die Stunde, die mir gerade passt. Die Stunde, die für mich „erfüllte Zeit“ ist, ist Zeit, die Gott mit Gnade füllt. Wer heute nicht hören will, nicht Gott die Herrschaft über sein Leben einräumt, will es im Grunde nicht. Und doch weiß keiner, was morgen ist. Einmal läuft die gelegene Zeit ab; denn

„nur ein Schritt ist zwischen mir und dem Tod!“ (1. Samuel 20,3). – Darum: Nimm die einzige Zeit, die dir gehört, wahr: das Heute!

Hoffnungslos – lebendige Hoffnung

Von zwei Männern ist hier die Rede, die zweierlei verbindet, aber die doch grundverschieden waren. Was verband sie? Beide waren begabte Dichter, und beide wurden nur 36 Jahre alt. Und was unterscheidet sie? Das sollen die folgenden Kurzbiografien verdeutlichen, und zwar von Baron George Byron (1788–1824) und von Ernst Gottlieb Woltersdorf (1725–1761).

Zunächst einige Fakten über Lord Byron: Er entstammt einer alten englischen Adelsfamilie. Seine ganze Umgebung ist von Reichtum und Prunk geprägt. Er wächst in einem herrlichen Schloss auf, besucht die berühmte Schule in Harrow und studiert in Cambridge. Erst 21 Jahre alt, nimmt er seinen Sitz im britischen Oberhaus ein. Er bereist Spanien, Griechenland und Kleinasien. Bald darauf erscheinen die auf der Reise vollendeten ersten Dichtungen über „Child Harold's Pilgrimage“ und dann in rascher Folge seine großen Werke, die seinen Ruhm in alle Welt tragen. So wird er von seinem Volk ein „Schoßkind des Glücks“ genannt, weil ihm ein vornehmer Name, hohe Geistesgaben, großer Reichtum und die Bewunderung der Menschen beschieden sind.

Seine Ehe geht bald in die Brüche, weil er seine Frau betrog. Wir finden ihn schließlich in der Schweiz und in Italien wieder, wo er sich in Venedig, Ravenna und Pisa aufhält. Besonders in Italien trinkt er in vollen Zügen den Becher der Lust, der Sünde und des Glanzes der Welt. Die Brockhaus-Enzyklopädie charakterisiert ihn als „eine seltsame Mischung von männlicher Kraft und weiblicher Eitelkeit, hingebender Lieder und ausschweifender Sinnlichkeit, demokratischer Gesinnung und aristokratischem Dünkel.“

Georg von der Vring, ein ausgezeichneter Kenner der angelsächsischen Literatur, sagt von ihm treffend: „Der Einfluss Byrons auf seine Zeit war unermesslich. Er gab in seinem Werk dem Spott, dem Hass, dem Zweifel und der Verzweiflung erschütternden Ausdruck. Sein Stil ist glänzend und schwungvoll. Er wurde der Dichter des Weltschmerzes, der alles Bestehende verneinte, ohne Besseres an seine Stelle zu setzen.“

Byron wurde wie kaum einem anderen das irdische Glück zuteil, und doch zeigen sich in seiner Dichtung schon früh Gedanken der Hoffnungslosigkeit. Und so lebt er dahin, „keine Hoffnung habend, und ohne Gott in der Welt" (Epheser 2,12). Wen wundert es da, wenn diesem zwar begabten und berühmten, aber innerlich armseligen Baron früh die Kräfte gebrochen waren. Einer ausgebrannten Ruine gleich hatte die Sünde ihm nichts übrig gelassen als einen einzigen Trümmerhaufen. So schrieb er als innerlich und äußerlich gebrochener Mann, gerade 36 Jahre alt, an seinem letzten Geburtstag den folgenden Vers nieder:

> Herbstlich sind nun meine Tage,
> Blüt' und Frucht, sie sind vertrieben.
> Nur der Gram, das Leid, die Klage
> sind geblieben.

Nun zu Ernst Gottlieb Woltersdorf: Zusammen mit elf Geschwistern wächst er im Pfarrhaus zu Friedrichsfelde unter ärmlichen Bedingungen auf. Zunächst will er Apotheker werden, entschließt sich aber dann, Theologie zu studieren. Mit 17 Jahren geht er mit seinem älteren Bruder nach Halle, wo er in dem Waisenhaus von August Hermann Francke eine Lehrerstelle antritt und sich damit seinen bescheidenen Lebensunterhalt verdient.

Hier in Halle kommt es zu der entscheidenden Wende in seinem Leben. Ihm wird sonnenklar: Man wird nicht dadurch, dass man Theologie studiert, lebendiger Christ, der ewiges Leben und wahre Hoffnung hat, sondern allein durch Buße, echte Bekehrung und Glauben an Jesus Christus.

Ein Vortrag des Diakons Lehr aus Köthen mit dem Thema „Von der Liebe Jesu" gibt den Anstoß zu seiner Kehrtwendung. Er bekennt von sich trotz aller kirchlichen Dokumente, die er besitzt, sei es seine Taufe oder Konfirmation: „Du bist in der Sünde verloren."

Aber anstatt sich sofort dem Herrn Jesus zu übergeben, meint er, zuvor die Gebote halten zu müssen. „Ich meinte immer", so erzählt er später, „mein Herz müsse erst besser gestellt sein, wenn ich Jesus als meinen Herrn annehmen sollte." Eineinhalb Jahre lang ringt der wahrheitsliebende junge Mann, bis ihn die Stimme des guten Hirten überwältigt und er endlich Frieden, tiefen Frieden allein aus Glauben findet.

Zunächst geht er als Vikar und Hauslehrer nach Zerrenthin bei Prenzlau, wo Gott seinen erwecklichen Dienst sichtbar segnet. Oftmals bedrängen ihn Anfechtungen und echte Not, denn wo Gottes Geist weht, ist auch der Teufel auf dem Plan. Seine Freude will er sich nicht trüben lassen. Voll Überzeugung schreibt er nieder:

Mein Herr ist unbeschreiblich gut,
und was Er täglich an mir tut,
kann niemand besser machen!

Auch in Drehna in der Niederlausitz, wohin er 1747 als Pfarrer kommt, gibt es Erweckungen. Ein Jahr später finden wir ihn in Bunzlau in Schlesien. Der Andrang der Zuhörer ist so groß, dass die Kirche die Menschenmenge nicht fassen kann. So predigt er im nahen Stadtwald unter freiem Himmel. Woche für Woche richtet er zusätzlich zehn Bibelstunden ein, um den Suchenden zu dienen. Und schließlich nimmt im Jahr 1749 eine große allgemeine Erweckung ihren Anfang.

Später wird er Leiter eines Waisenhauses und nimmt sich der Ärmsten der Armen unter den Kindern an. Die Nächte benutzt er zu schriftstellerischer Arbeit. Und oft ist es ihm wie ein Brand im Herzen, um seinem Gott ein Lied zu singen. Er selbst sagt einmal: „Was den Ursprung meiner Lieder betrifft, so kann ich wohl mit Wahrheit sagen, ich habe sie vom Herrn empfangen. Sonst würde ich in meinem Gewissen keine Freiheit haben, sie drucken zu lassen."

Insgesamt hinterlässt er 218 Lieder und steht unter den Liederevangelisten an erster Stelle. So war sein Herz bis zur letzten Stunde, als seine Frau und seine sechs Kinder an seinem Sterbebett standen, von lebendiger Hoffnung erfüllt. Das zeigt auch sein reicher Liederschatz.

Hier zwei kurze Beispiele:

Ich weiß es, ich weiß es und werd es behalten,
so wahr Gottes Hände sein Reich noch verwalten,
so wahr seine Sonne am Himmel noch pranget:
So wahr hab ich Sünder Vergebung erlanget!

—

Die Handschrift ist zerrissen,
die Zahlung ist vollbracht.
Er hat mich's lassen wissen,
dass Er mich frei gemacht.
Er, der versank in bitt'ren Tod
und der für meine Seele
sich selbst zum Opfer bot.

Ich weiß sonst nichts zu sagen,
als dass ein Bürge kam,
der meine Schuld getragen,
die Rechnung auf sich nahm
und sie so völlig hingezählt,
dass von der ganzen Summe
nicht das Geringste fehlt.

Zwei Kurzbiografien - zwei Lebenswege, der eine hoffnungslos, der andere mit lebendiger Hoffnung erfüllt. - Kennst du diese Hoffnung der Herrlichkeit?

Das längste und das kürzeste Wort

Eine Gruppe junger lustiger Leute vertrieb sich die Zeit mit dem Lösen von Rätseln. Ein Mann hörte interessiert zu und legte ihnen schließlich die Frage vor: „Welches Wort ist das längste von allen?" Die jungen Leute dachten angestrengt nach, legten die Stirn in Falten, überlegten hin und her. Die richtige Antwort fand keiner. Der Fremde sah ihre Verlegenheit und gab endlich selbst die Antwort. „Das längste Wort", sagte er, „heißt: Ewigkeit!" Alle waren über des Rätsels Lösung erstaunt. Und keiner konnte widersprechen.

„Könnt Ihr mir nun sagen, welches das kürzeste Wort von allen ist?", fragte er sie dann. Und wieder ging es ans Raten und Überlegen. Aber die richtige Lösung fand keiner. Dann beendete der Fragesteller das lange Hin und Her: „So will ich es Ihnen sagen. Das kürzeste Wort heißt: Jetzt!" Und dann fuhr er fort: „Dies Jetzt ist das Jetzt und Heute. Und denken Sie daran, meine jungen Freunde, dass jetzt die schnell dahineilende Zeit ist, in der wir uns auf die Ewigkeit vorbereiten und Gott ehren sollen!" Diese kurze Rede hinterließ bei den jungen Leuten einen tiefen Eindruck.

Auch uns sollte diese Belehrung nicht gleichgültig lassen. Das „Jetzt" ist noch in unserer

Hand. Jetzt ist die geeignete Zeit, das angebotene Heil Gottes zu ergreifen. Ist die Schwelle zur Ewigkeit überschritten, kann keiner mehr zu Gott umkehren. Denn das muss hier geschehen. Darum die ernste Bitte: Nutze das Jetzt und Heute und öffne dich seiner Liebe und Gnade. Er wartet schon lange auf dich.

„Wie werden wir entfliehen, wenn wir eine so große Errettung vernachlässigen?" (Hebräer 2,3). Deshalb: „Heute, wenn ihr seine Stimme hört, verhärtet eure Herzen nicht" (Hebräer 3,7). Wer das kurze „Jetzt" vertändelt, wird sich eine Ewigkeit lang anklagen.

Noch einmal davongekommen?

Berlin, 2. Oktober 1990, 22.00 Uhr. Hunderttausende strömen zum Reichstagsgebäude. Strahlende Gesichter und frohe Erwartung überall. Mit Fackeln, Musik und Liedern erwartet man das große Ereignis. In zwei Stunden ist es so weit. Die Uhr schlägt Mitternacht. Es ist der 3. Oktober, 0.00 Uhr. Die Fahne der Bundesrepublik Deutschland wird gehisst. Die Freiheitsglocke läutet. Ein großartiges Feuerwerk verzaubert, und dann: Hunderttausende stimmen die Nationalhymne an. Endlich: Deutschland ist ein wiedervereinigtes Land! Ein einziges großes Freudenfest beginnt.

Schon im vorhergehenden Jahr gibt es eine ähnliche Hochstimmung: anlässlich des Mauerfalls am 9. November. Nach zahllosen friedlichen Protesten und vielem Hin und Her wird die DDR-Regierung buchstäblich überrannt. Ein regelrechter Massenansturm auf die Grenzübergangsstellen und die Grenze bringt das Aus. Die Grenze öffnet sich fast wie von selbst. Die Menschen tanzen auf der einst schwer bewachten Mauer und vor dem Brandenburger Tor. Und die Grenzsoldaten stehen staunend da – oder verdrücken sich schnell. Beispiellose Begeisterung. Es ist alles wie ein Wunder.

Zerstört – geteilt – vereint, so könnte die Überschrift über das Kapitel der jüngsten deutschen Geschichte lauten. Nach Zerstörung durch einen grausamen Krieg, nach der Teilung mitten zwischen die zwei riesigen, waffenstarrenden Blöcke des Warschauer Paktes und der Nato gestellt, geschieht das Unglaubliche: Am 3. Oktober 1990, dem Tag der Deutschen Einheit, nach 45 Jahren der Trennung gibt es ein wiedervereinigtes deutsches Vaterland. Und das größte aller Wunder ist: Bei diesem weltgeschichtlichen Ereignis fließt nicht ein Tropfen Blut!

Die DDR ist untergegangen. Die Führung der Nationalen Volksarmee der DDR hat ihre Aktenberge längst durchforstet und wichtige Dokumente beseitigt. Was übrig bleibt, ist erschreckend genug. Denn in den strategischen und operativen Kriegsplanungen des einstigen Verteidigungsministeriums in Strausberg, östlich von Berlin, finden sich immerhin noch 25.000 Dokumente des ehemaligen Warschauer Pakts. Die Auswertungsarbeit dauert 15 Monate. Endlich, am 31. Januar 1992, werden die hochbrisanten Ergebnisse der Öffentlichkeit bekannt gegeben.

Was die gespannt wartenden Journalisten zu hören bekommen, ist unglaublich. Die Dokumente beweisen, dass der Warschauer Pakt bis zuletzt den Angriff auf Westeuropa vorbereitet, geübt und die dafür vorgesehenen Streitkräfte in höchster Alarmbereitschaft gehalten hat.

Der damalige Angriffsplan sieht vor: Erster Operationsabschnitt – Eroberung der Bundesrepublik, Dänemarks und der Beneluxstaaten in 13–15 Tagen. Zweiter Angriff – Eroberung Frankreichs und Erreichen der Biskaya-Küste und der spanischen Grenze zwischen dem 30. und 35. Tag. Von Anfang an massiver Einsatz atomarer Gefechtsfeldwaffen und taktisch-operativer Atomwaffen. Die massenhafte Anwendung dieser Waffensysteme soll bereits bei Beginn des Angriffs sicherstellen, die tief gestaffelten Verteidigungsanlagen der Nato, besonders entlang der innerdeutschen Grenze, zu durchbrechen.

Der Angriff soll mit insgesamt 5 Armeen in Richtung Bundesrepublik und Dänemark begonnen werden. Diese Armeen setzen sich zusammen aus 20 Divisionen der in der DDR stationierten sowjetischen Truppen, 11 Divisionen der Nationalen Volksarmee und schließlich aus Truppenverbänden aus Polen, der Tschechoslowakei und sowjetischen Großverbänden, die aus der Ukraine und Weißrussland herangeführt werden sollen. Hinzu kommen umfangreiche Luft- und Marinestreitkräfte.

In einer schriftlichen Äußerung des Oberbefehlshabers des Warschauer Pakts heißt es: „Der zukünftige Krieg wird ohne Kompromisse bis zur vollständigen Zerschlagung des Gegners zu führen sein. Das zwingt dazu, den Einsatz des Gesamtarsenals der Vernichtungsmittel in Rechnung zu stellen – mit nicht kontrollierbarem Ausmaß der strategischen Handlungen."

Was sich hinter diesen dürren, makabren Worten verbirgt, ist kaum vorstellbar. Doch läuft es einem schon kalt den Rücken herunter, wenn man weitere Einzelheiten aus den gefundenen Dokumenten erfährt. In dem Manöver „Waffenbrüderschaft 80" werden der ersten Front 840 taktische Atomwaffen und 10 Atombomben zur Verfügung gestellt. Die Luftstreitkräfte der ersten Welle erhalten 125 Atombomben und 110 Raketen. Eine andere Stabsübung sieht noch im Jahr 1989 den Einsatz von 76 Atomwaffen in Schleswig-Holstein vor.

Vor 1990 wäre die Preisgabe dieser Dokumente noch mit dem Tod bestraft worden. Nun ist alles Geschichte. Dabei darf nicht vergessen werden, dass sich im Kriegsfall das ganze konventionelle und atomare Waffenpotential der Nato zusätzlich über Mitteleuropa ergossen hätte. Alles das hätte die Vernichtung Deutschlands bedeutet.

Europa hat Jahrzehnte hindurch in äußerem Frieden und nie gekanntem Wohlstand gelebt – und doch wie auf einem Pulverfass. Seit der Enthüllung am 31. Januar 1992 ist allen bekannt, was geplant war. Und uns alle beschleicht das Gefühl, dem Unwirklichen begegnet zu sein: 125 Atombomben bei der ersten Welle! Die grauenhaften Folgen sind schlicht unvorstellbar. Forderten doch die beiden „kleinen“ Atombomben, die am 6. und 9. August 1945 auf die japanischen Städte Hiroshima und Nagasaki fielen, schon 275.000 Tote, von den oft lebenslangen Qualen der Überlebenden ganz zu schweigen.

Aber wer hat schon von alledem ernstlich Notiz genommen? Am Tag nach der Veröffentlichung dieses Berichts standen die Zeitungen voll davon, und das Erschrecken war groß. Aber in der alles überschwemmenden Flut der Ereignisse und Ablenkungen ist es ebenso schnell in Vergessenheit geraten.

Wie dünn ist doch der Boden, auf dem wir uns so sicher fühlen! Gott hat darüber gewacht, dass uns der äußere Frieden erhalten blieb, dass die Vernichtungsmaschinerie nicht angeworfen wurde. Warum nur hielt er diese Mächte noch einmal zurück? Warum sind wir noch einmal davongekommen?

Die Bibel gibt uns die Antwort, indem sie uns gleichzeitig eine ernste Frage vorlegt: „Denkst du aber dies, o Mensch, … dass du dem Gericht Gottes entfliehen wirst? Oder verachtest du den Reichtum seiner Güte und Geduld und Langmut und weißt nicht, dass die Güte Gottes dich zur Buße leitet?“ (Römer 2,3.4). So redet Gott in seinem Wort sehr liebevoll, aber auch sehr eindringlich zu jedem Einzelnen. Er möchte durch Güte, nicht durch Gericht, Umkehr bewirken. „So wahr ich lebe, spricht der HERR, ich habe kein Gefallen am Tod des Gottlosen, sondern dass der Gottlose von seinem Weg umkehre und lebe! Kehrt um, kehrt um von euren bösen Wegen!“ (Hesekiel 33,11). Wie segensreich wird es für jeden Einzelnen und für unser Volk sein, wenn Gott durch seine uns erwiesene Güte diese Umkehr erreichen kann!

Der Irrgarten

Hampton Court Palace ist das älteste königliche Schloss Englands. Es liegt südwestlich von London am Ufer der Themse. Der riesige Palast, in englischer Backsteingotik erbaut, besteht aus drei Gebäuden mit nicht weniger als 500 Zimmern. Hier war die Residenz von insgesamt zwölf Monarchen, angefangen von Heinrich VIII. (1491–1547). Besonders berühmt und in seiner Art einmalig ist der gepflegte Palastgarten, der meistbesuchte Garten Englands. Ein besonderer Anziehungspunkt wiederum ist der aus Eibenhecken angelegte Irrgarten. Pro Jahr sind es insgesamt eine Million Menschen, die hier buchstäblich herumirren. Denn auf den von mannshohen, dichten Hecken umgebenen Wegen geht es in alle Richtungen: auf Nebenwege, Umwege und immer wieder in Sackgassen, eben auf Irrwege, ganz ähnlich wie in einem modernen Mais-Labyrinth.

Im Zentrum des Irrgartens steht ein Aussichtsturm. Hier kann man ein wenig ausruhen und zur Besinnung kommen. Vielleicht, um über den zurückgelegten Weg noch einmal nachzudenken, wahrscheinlich aber, um schließlich doch festzustellen, dass man den Rückweg nicht mehr finden wird. Das ist eine recht aufregende Erfahrung. Aber dort hängt auch eine Glocke.

Und wer die Glocke schlägt, signalisiert damit: S O S. Dann erscheint ein Mann, der den Weg kennt. Wer ihm folgt, für den werden die verschlungenen Wege sich entwirren, und er wird herausgeführt. Die Lösung ist der Mann!

Gleicht unser Leben nicht einem einzigen Irrgarten? Durch unsere eigenwilligen Wege und die vielen Verstrickungen in die Sünde wissen wir keinen Ausweg mehr. Aber es gibt einen: Wir können uns im Gebet an Gott wenden und ihm unser S O S zurufen. Und was ist seine Antwort? Seine Lösung, seine Hilfe, ist ein Mann! „Und es ist in keinem anderen das Heil, denn es ist auch kein anderer Name unter dem Himmel, der unter den Menschen gegeben ist, in dem wir errettet werden müssen" (Apostelgeschichte 4,12). Und dieser Name heißt Jesus Christus. Er selbst sagt: „Ich bin der Weg und die Wahrheit und das Leben. Niemand kommt zum Vater als nur durch mich" (Johannes 14,6).

In diesem Gotteswort beantwortet Jesus Christus drei Fragen:

1. Wie kann ich den rechten Weg finden und gerettet werden? Die Antwort des Herrn Jesus heißt: „Ich bin der Weg!"
2. Wie kann ich sicher sein, dass das auch wirklich stimmt? Die Antwort des Herrn Jesus lautet: „Ich bin die Wahrheit!"

3. Wie kann ich darüber glücklich und zufrieden sein, und brauche ich den Tod nicht zu fürchten? Seine Antwort ist: „Ich bin das Leben!“

Kaviar mit Zeitzünder

Bremerhaven, 11. Dezember 1875. Ein strahlend schöner Wintertag. Am Amerika-Kai herrscht das übliche geschäftige Treiben. Die „Mosel“ vom Norddeutschen Lloyd, mit 3000 Bruttoregistertonnen, einer der größten Passagierdampfer der Welt, legt heute mit 1000 Männern, Frauen und Kindern an Bord ab nach New York.

Noch schaffen die Hafenarbeiter Berge von Gepäck aufs Schiff. Die Hufe der schweren Lastpferde klappern über den gepflasterten Kai. Und auf dem Schlepper „Simson“, der die „Mosel“ aus dem Hafen bringen soll, werden schon die Kessel geheizt.

Aus der Bahnhofshalle drängen noch viele Passagiere zum Schiff. Etliche sehen ängstlich aus. Im Zug haben sie von einem soeben bekannt gewordenen Schiffsunglück erfahren und würden ihre Reise am liebsten im letzten Augenblick absagen. Einige finden Trost bei einem „höflichen, behäbigen Herrn mit rötlich blondem Vollbart, der durch eine außerordentliche Korpulenz bei mittlerer Statur" auffällt. So ist es in einem zeitgenössischen Bericht festgehalten.

Die große Schiffstreppe ist noch herabgelassen. Die Schiffsmannschaft ist vollzählig an Bord. Einige Kuriere machen letzte Besorgungen, und Freunde und Verwandte verabschieden sich in rührender Weise. Da rasseln noch zwei Pferdegespanne mit den letzten Gütern für die „Mosel" heran, schwere Säcke und Fässer. Ein dunkelbraunes Eichenfass, deklariert als Kaviar im Wert von 3000 Goldmark, erweist sich als ungewöhnlich schwer. Doch endlich in allerletzter Minute ist es geschafft. Das Fass hängt am Ladekran und kann angehievt werden.

Und nun soll der zeitgenössische Berichterstatter wieder zu Wort kommen: „Es ist halb elf Uhr. Das Zeichen der Schiffsglocke wird gegeben. Die noch an Land befindlichen Passagiere eilen der Treppe zu. Nichtpassagiere verlassen das Schiff. Im selben Augenblick schießt aus dem dichten Menschenknäuel eine riesige Feuergarbe hervor. Eine ohrenbetäubende Detonation folgt. Auf der ‚Mosel' sind wir sämtlich zu Boden geschleudert worden, und es vergehen Minuten, bis die Unverletzten in der Lage sind, aufzustehen. In der ersten Betäubung weiß niemand, was geschehen ist. Ein angstvoller Blick über Bord zeigt an derselben Stelle, die soeben noch mit pulsierendem Leben erfüllt war, ein Bild des unaussprechlichsten Jammers, welches Menschenaugen je gesehen haben: Menschen, Pferde und Wagen sind verschwunden – ein entsetzliches Leichenfeld breitet sich vor uns aus."

Was war passiert? Das wertvolle „Kaviarfass" war nichts anderes als eine Höllenmaschine, randvoll mit dreizehn Zentnern hochbrisanten Sprengstoffs. Die Bombe war mit einem raffinierten Zeitzünder ausgerüstet, um die voll besetzte „Mosel" im Atlantik zu versenken. Und alles stammte von jenem sympathischen und behäbigen Herrn mit Vollbart, der seine Mitpassagiere so freundlich getröstet hatte.

Wer war dieser höfliche Biedermann? Der in Dresden wohnende 45-jährige Deutsch-Amerikaner Keith William Thomas – zu Hause als vorbildlicher Familienvater geschätzt – hatte jahrelang diesen ganz großen Versicherungsbetrug vorbereitet. Neben dem mörderischen Fass sollten in Southampton, wo Thomas von Bord gehen wollte, noch mehrere wertlose, aber hoch versicherte Gepäckstücke an Bord kommen. Nach zehn Tagen sollte die „Mosel" dann auf hoher See spurlos verschwinden.

William Thomas hatte an alles gedacht, nur an eins nicht: Der Zeitzünder, den er zwei Jahre vorher von einem berühmten Uhrmachermeister für eine Seidenspinnerei-Maschine hatte bauen lassen, vertrug keine Erschütterung. Beim hastigen Anhieven war das Fass aus einer Kette des Ladekrans gerutscht und aufgeschlagen – ein Ereignis, das zwar den ausgebuchten Dampfer verschonte, aber 88 Menschen am Kai das Leben kostete. Weitere 200 trugen zum Teil schwere Verletzungen davon.

Wie die Geschichte weitergeht? Auch das ist makaber genug. William Thomas überlebt die Detonation, nimmt Gift, schießt sich zwei Kugeln in den Kopf – und lebt doch noch vier Tage. Die Bremer Polizei war von dem beispiellosen Verbrechen so beeindruckt, dass sie den Kopf des Massenmörders in Spiritus konservierte. Aber auch jetzt ist die Geschichte noch nicht zu Ende. Siebzig Jahre lang war dieses „Ausstellungsstück" im Bremer Kriminalmuseum zu sehen – bis im Jahr 1945 britische Truppen in dem alten Gebäude Handgranaten zündeten und auch die makabre Trophäe mit in die Luft sprengten.

Diese Begebenheit zeigt, dass Anschläge keine Erfindungen unserer Tage sind. Betrug und Gewalt sind nichts Neues. Die Bibel berichtet gleich auf den ersten Seiten davon. Und dann geht es leider immer so weiter: „Sie betrügen einer den anderen, und Wahrheit reden sie nicht" (Jeremia 9,4).

Gibt es bei allen Terroranschlägen und Verbrechen überhaupt noch Sicherheit? Reichen alle Vorsichtsmaßnahmen auf Flughäfen, dem Schienennetz, Straßen und Kaufhäusern und schließlich an der eigenen Tür noch aus? Ist auf unserem Planeten Erde kein sicherer Platz mehr vorhanden?

Fragen über Fragen. Aber die ernüchternde Antwort lautet: Nein. Gottlosigkeit und Brutalität greifen immer mehr um sich. Das Böse umgibt uns wie die Luft, die wir atmen. Und es nimmt – wie die Bibel voraussagt – weiter zu. Schon einmal – vor mehr als 5000 Jahren musste Gott mit Betrübnis feststellen, dass die Erde voll Gewalttat war. Und sein Gericht war die gerechte Strafe für die Menschen. Nur Noah und seine Familie ließen sich in der Arche vor der Flut retten. Und Jesus Christus sagt, dass es in der letzten Zeit sein wird, „wie die Tage Noahs waren", nämlich voller Gottlosigkeit und Bosheit (Matthäus 24,37). Deshalb wird auch diesmal Gericht die Folge sein. Spötter lachen darüber – genau wie damals. Aber es wird eintreten. So wie alles geschehen ist, was Gottes Wort voraussagt.

Noch ist Rettung möglich. Nicht nur für die ganz Schlimmen. Wir alle sind gemeint: die großen und die „kleinen“ Sünder. „Denn vor dir – dem großen Gott – ist kein Lebendiger gerecht“ (aus Psalm 143,2). Jeder Ungehorsam gegen Gottes Gebot, jede Lüge und Halbwahrheit, jeder unreine Blick, jedes Bereichern auf Kosten anderer ist Sünde. Deshalb braucht ein jeder von uns Vergebung. Und Gott will sie schenken.

Wie kann das geschehen? Durch echte Umkehr und ein offenes Schuldbekenntnis vor dem heiligen Gott. Dann kann er den Heil bringenden Glauben an seinen Sohn Jesus Christus schenken. An den, der am Kreuz von Golgatha auch für deine Sünden starb – und auferstanden ist. Dann hast du Frieden mit Gott und bist für immer in Sicherheit. Inmitten aller Unsicherheiten dieser Zeit darfst du erfahren: „… wer aber auf den HERRN vertraut, wird in Sicherheit gesetzt“ (Sprüche 29,25).

Im Blickpunkt: Tschetschenien

Immer wieder gerät diese Teilrepublik der russischen Föderation in die Schlagzeilen. Warum ist das so? Nun, dort im Kaukasus, der Landbrücke zwischen Schwarzem Meer und Kaspischem Meer, lebt ein buntes Völkergemisch. Schon von jeher hatten die Russen in diesem historischen Durchzugsland ihre Probleme.

Heimlicher Nationalheld der freiheitsliebenden Kaukasier ist der legendäre Fürst Schamyl. Seit 1835 verteidigte er die wilden Bergregionen mit Erfolg gegen die russischen Truppen. Sein Mut und sein Widerstand waren so gewaltig, dass Zar Alexander II. schließlich eine Armee von 200.000 Soldaten einsetzte. Erst dann gelang es ihm, das Bergland zu erobern und den tapferen Schamyl zu besiegen.

Schamyl zeichnete sich durch Liebe zu seinem Volk und unbestechlichen Gerechtigkeitssinn aus. Ein alter Bericht überliefert eine erschütternde Begebenheit aus dem Leben des Fürsten: Mit strengem Gebot an seine Gefolgsleute legt er einen öffentlichen Eid ab, jeden mit vierzig Hieben bestrafen zu lassen, der Bestechungsgelder annimmt oder sich an allgemeinem Gut vergreift. Bald darauf geschieht das Unglaubliche: Die eigene Mutter des Fürsten übertritt das Gebot und wird des Diebstahls überführt.

Was wird nun geschehen? Wenn der Fürst die Strafe nicht vollstrecken lässt, dann werden seine Befehle und er selbst unglaubwürdig. Seine Autorität und seine Gerechtigkeit wären infrage gestellt. Und was tut Schamyl? Er sucht die Stille. Zwei Tage lang zieht er sich in sein Zelt zurück. Er isst nicht, er trinkt nicht. Er ist ganz im Gebet versunken. Dann – am dritten Tag – tritt er aus seinem Zelt hervor. Er ruft sein Volk zusammen. Und leichenblass gibt er den Befehl: Die Strafe wird vollstreckt!

Alle sind zutiefst erschrocken und aufgewühlt. Die alte, gebeugte Mutter des Fürsten wird in den Halbkreis geführt. Ihr Rücken wird entblößt. Die rauen Soldaten mit ihren Stöcken holen aus zum Schlag – und blitzschnell reißt Schamyl sein Gewand herunter und wirft sich selbst mit nacktem Rücken unter die Schläge –, mit einer furchtbaren Drohung an die Männer, falls sie nicht fest genug zuschlagen. Vierzig Schläge gehen auf ihn nieder, mit voller Wucht! Jeder ist entsetzt und bis ins Innerste ergriffen.

Diese Art des Vollzugs schreckt jeden der Augenzeugen gründlicher ab, als wenn das ursprüngliche Urteil vollzogen worden wäre. Sein zerschundener, blutender Rücken ist der sichtbare Beweis, wie ernst es ihm mit der Gerechtigkeit und der Gültigkeit seiner Befehle ist.

Zu Tode erschrocken und tränenüberströmt steht seine Mutter da. Sie hätte diese Strafe nicht überlebt. Zutiefst bereut sie ihre verabscheuungswürdige Tat, denn es ist ja ihr Urteil, das dort an ihrem Sohn vollstreckt worden ist. Dort fließt das Blut ihres Stellvertreters – sie aber kann frei ausgehen.

Und nun betrachte mit mir jene ergreifendste Szene der Weltgeschichte: Dort am Kreuz auf dem Hügel Golgatha nahm Gottes Sohn, der Gerechte, für die Ungerechten die Todesstrafe auf sich. Dort stand Er, der Sündlose und Reine, in einem schonungslosen Gericht. Dort hat Er die Gerechtigkeit und Heiligkeit Gottes völlig zufriedengestellt.

Und was bedeutet das für dich und für mich? Unendlich viel! Denn das ist der Grund, warum Gott nun jeden, der sein Sündenleben bereut und an den Herrn Jesus Christus glaubt, gerecht sprechen kann. „Den, der Sünde nicht kannte, hat er für uns zur Sünde gemacht, damit wir Gottes Gerechtigkeit würden in ihm“ (2. Korinther 5,21). Das ist das frohe Bekenntnis all derer, die im Glauben erfasst haben, was das Geschehen dort am Kreuz auf Golgatha verkündet: Gottes Liebe und Gottes Heiligkeit. „Denn so hat Gott die Welt geliebt, dass er seinen eingeborenen Sohn gab, damit jeder, der an ihn glaubt, nicht verloren gehe, sondern ewiges Leben habe“ (Johannes 3,16).

Es gibt einen Grundsatz, der lautet: Niemand kann wegen derselben Tat mehr als einmal bestraft werden. Dieses Rechtsprinzip ist in der Verfassung der Bundesländer niedergelegt. Und das bedeutet: Eine vollzogene Strafe wird nicht noch einmal vollstreckt. Das ist ein allgemein gültiges Gesetz. Hat es unser Herz nicht zutiefst ergriffen, als wir sahen, auf welche Weise die Mutter Schamyls frei ausgehen konnte? Und Gott, der gerechte Gott, handelt nicht anders. Er bestraft nicht zweimal. Wer ihm seine Sünden bekennt, sie bereut und an den Herrn Jesus glaubt, darf mit allen Erlösten voll Freude bekennen: „Die Strafe zu unserem Frieden lag auf ihm, und durch seine Striemen ist uns Heilung geworden“ (Jesaja 53,5).

Das ist errettender und befreiender Glaube. Wer umkehrt und glaubt, dem wird vergeben. Er wird freigesprochen durch die höchste Instanz und empfängt neues, ewiges Leben. Welch ein Angebot! Nimmst du es an?

Eine treffende Antwort

Der Preußenkönig Friedrich II. (1712–1786), auch Friedrich der Große oder der Alte Fritz genannt, hatte in seinem Potsdamer Schloss Sanssouci oft zahlreiche Gäste. Sein liebster Umgang war lange Zeit der leichtfertige und oft spöttische Franzose Voltaire (1694–1778).

So sitzen sie zusammen mit etlichen anderen an der königlichen Tafel, als Voltaire wieder mit seinen gotteslästerlichen und spottenden Reden beginnt. Er ruft in die Runde hinein: „Ich verkaufe meinen Platz im Himmel für einen Taler! Wer will ihn haben?“ Für einen Moment herrscht Schweigen. Dann steht ein königlicher Beamter auf, kein berühmter Mann, aber ein guter Christ, der das Herz auf dem rechten Fleck hat. Er verbeugt sich kurz vor dem König und vor Voltaire und sagt mit fester Stimme: „Monsieur Voltaire, Sie sind im preußischen Staat. Wir haben hier ein Gesetz, nach dem jeder, der etwas verkaufen will, sein Eigentumsrecht nachweisen muss. Weisen Sie mir nach, dass Sie einen Platz im Himmel haben, so gebe ich Ihnen jede Summe, die Sie fordern.“

Das verschlug dem Spötter die Sprache. Er sagte kein Wort mehr, und auch der König wurde nachdenklich. Denn der große Schöpfer hat die Ewigkeit tief in jedes Menschenherz hineingesenkt, sodass auch der leichtfertigste Spötter dem Ernst der Frage nicht ausweichen kann: Wie aber, wenn es doch wahr ist, was die Bibel bezeugt? Denn dort steht: „Und wenn jemand nicht geschrieben gefunden wurde in dem Buch des

Lebens, so wurde er in den Feuersee geworfen" (Offenbarung 20,15)!

Und gerade gegen die Bibel, Gottes heiliges Wort, hegte Voltaire einen unbändigen Hass. Er behauptete: „In hundert Jahren wird sie ein vergessenes und unbekanntes Buch sein. Sie wird nur noch als Rarität in den Rumpelkammern und Altertumssammlungen als Zeuge der Torheit früherer Geschlechter zu finden sein." Und was geschah? Hundert Jahre später kaufte die Genfer Bibelgesellschaft Voltaires Haus und seine Druckerpresse und – begann dort Bibeln zu drucken. Und heute ist in demselben Haus eine christliche Buchhandlung, in der Bibeln verkauft werden. Der große Gott wacht über sein Wort! „Die Spötter verspottet auch er" (Sprüche 3,34).

Der alte Mann und das Meer

Ernest Hemingway (1899–1961) war ein „writer" und ein „fighter". Und was sich im Englischen so gut reimt, trifft genau das, was er war: ein Schriftsteller und ein Kämpfer.

Als Hochseefischer kämpft er mit Haien. In den Savannen Afrikas jagt er Löwen. Den Stierkampf liebt er als Zeichen höchster Männlichkeit, und im spanischen Bürgerkrieg ist er als Berichterstatter an vorderster Front, wird vermisst, verwundet.

Hemingway ist begeisterter Boxer. Und wie er boxt, so schreibt er auch: treffsicher und ohne Schnörkel. Seine Bücher bringen ihn zu Weltruhm und Wohlstand. Er schwimmt in Bewunderung und Geld.

Aber er braucht ständig Action. Immer wieder Frauen-Affären. Und erneut geht es nach Afrika und hoch in die Luft. Aber ein Vogelschwarm rauscht gegen die Cessna. Bruchlandung! Er krabbelt aus dem Wrack, und kurz darauf ist er mit einer anderen kleinen Maschine unterwegs Richtung Victoria-See. Wieder ein Absturz, noch dazu in lichterloh brennendem Flugzeug. Er ist schwer verletzt, aber er überlebt.

Alle Welt liest seine Bücher und bewundert ihn. Die Auflagen seiner Buchtitel steigen und steigen. Viel Geld fließt dem Autor zu – und der nimmt am 2. Juli 1961 sein Gewehr und erschießt sich: Selbstmord.

Ein Buch ist es, das vor allem seinen Ruhm erklärt: die Novelle „Der alte Mann und das Meer". Gerade dieser Titel wird bei der Verleihung des Literatur-Nobel-Preises 1954 besonders erwähnt. Dabei wurde die Meistererzählung zuerst in der amerikanischen Zeitschrift „Life“ komplett abgedruckt, und zwar in der Ausgabe vom 1. September 1952. Von dieser Ausgabe wurden in nur zwei Tagen 5,2 Millionen Hefte verkauft. So schlagartig groß war das Interesse.

Hier eine knappe Zusammenfassung der Geschichte:

> Der alte Santiago ist seit vielen Wochen, zunächst mit dem Fischerjungen Manolin, dann allein, täglich aufs Meer hinausgefahren. Aber er fängt nichts. Nach 84 glücklosen Tagen steuert er erneut weit in den Golfstrom hinaus. Gegen Mittag des ersten Tages beißt ein großer Brocken an – ein riesiger Schwertfisch, länger als Santiagos Boot.
>
> Ein großer Kampf beginnt. Santiago kann den Fisch nicht in das Schiff ziehen, stattdessen zieht der Fisch das Schiff. Zwei Tage und zwei Nächte kämpft er. Das schneidende Seil in den Händen, wünscht er Manolin als Helfer herbei, erinnert sich an vergangene Bewährungsproben und spricht sich immer wieder selbst Mut zu. Trotz der Wunden und Schmerzen,

die ihm der Fisch zufügt, fühlt er sich dem freiheitsliebenden Tier fast brüderlich verbunden. Meilenweit hat das erschöpfte Tier das Boot in den Ozean hinausgezogen. Am dritten Tag beginnt der Fisch das Boot zu drehen – ein Zeichen von beginnender Schwäche. Santiago, völlig erschöpft und dem Delirium nahe, gelingt es, seine Harpune zu greifen und das Tier zu töten. Er vertäut es längsseits am Schiff, setzt das Segel und schleppt die Beute in Richtung Küste. Auf der Heimfahrt denkt er darüber nach, dass er von dem Preis, den er für die Beute erhält, monatelang leben kann. –

Aber die eigentliche Bewährung – die große Niederlage – steht dem alten Mann noch bevor. Von dem Blut, das der Schwertfisch verliert, angezogen, tauchen Haie auf. Den ersten kann Santiago mit seiner Harpune töten, die er dabei verliert. Er stellt selbst eine Art Harpune her, indem er sein Messer an das Ruder bindet. Verzweifelt kämpfend, tötet er damit insgesamt sieben Haie. Aber in der Nacht ist er machtlos. Im Morgengrauen des vierten Tages, dem völligen Zusammenbruch nahe, erreicht Santiago den heimatlichen Strand. Und an der Bootswand hängt nur noch ein riesiges Fisch-Skelett …

Es fällt nicht schwer, hinter dieser spannenden und tragischen Erzählung eine Selbstdarstellung Ernest Hemingways zu erkennen. Zwar konnte er sich ein Leben in Saus und Braus leisten und sich in der Bewunderung der Menschen sonnen, jedoch in seinen letzten Schriften finden sich folgende trostlose Zeilen: „Mein Leben ist ein dunkler Weg, der nach nirgendwo führt und wieder nach nirgendwo und noch einmal nach nirgendwo, immer und ewig nach nirgendwo … dunkel, ohne Ende, nach nirgendwo.“

Und leider geht es vielen so. Reich, berühmt und beneidet, aber innerlich unendlich ausgebrannt und leer. „Alles ist Eitelkeit und ein Haschen nach Wind“ (Prediger 1,14). So beschreibt die Bibel diesen Zustand. Sich ein Leben lang abzumühen und ständig um die eigene Achse zu drehen, um dann am Ende mit leeren Händen dazustehen, das ist in der Tat bitter. Was wirklich Wert hat, Wert für die Ewigkeit, das ist nur bei Gott zu finden. „Denn wer mich findet, hat das Leben gefunden“ (Sprüche 8,35). „Dies aber ist das ewige Leben, dass sie dich, den allein wahren Gott, und den du gesandt hast, Jesus Christus, erkennen“ (Johannes 17,3).

Essen und Trinken ...

... halten Leib und Seele zusammen. Das stimmt. Denn ohne Essen und Trinken wären wir bald nicht mehr hier.

Wer weiß schon, dass wir selbst bei absoluter Ruhe und ohne jegliche Nahrungsaufnahme mindestens 1200 Kilokalorien Energie pro Tag verbrauchen? In Ruhe, aber ohne Hungern sind es etwa 1800 kcal. Wenn wir arbeiten, steigt je nach Art der Tätigkeit der Energiebedarf stark an. Ein bekannter Forscher - der Endokrinologe Professor Jerrold Olefsky von der Universität San Diego in Kalifornien - gibt einem normal ernährten, gesunden Menschen eine Chance von maximal etwa 60 Tagen Überlebenszeit bei völligem Fasten. Das gilt allerdings nur dann, wenn dem Körper in dieser Zeit ausreichend Mineralwasser und Vitamine zugeführt werden.

Weil unser Körper zu 60 bis 70 Prozent aus Wasser besteht, ist es wichtig, viel zu trinken. Mindestens 1,5 bis 2 Liter am Tag, wenn es mehr ist, umso besser. Verliert der Körper Flüssigkeit, verdickt sich das Blut. Schon bei einem Flüssigkeitsverlust von nur 2 Prozent ermüden wir. Trinken wir weiter nichts, schaltet der Körper ein „Wassersparprogramm" ein. Die Durchblutung und die Ausscheidungen werden reduziert, die Herzfrequenz steigt. 4 Prozent Verlust führen zu Kopfschmerzen, bei 5 Prozent beginnen Bewusstseinsstörungen und Krämpfe. Wenn der Mensch 10 bis 15 Prozent seines Flüssigkeitsvolumens verliert, stirbt er.

Aber wir brauchen mehr als Essen und Trinken, die Leib und Seele zusammenhalten. Jesus Christus sagt: „Nicht von Brot allein soll der Mensch leben, sondern von jedem Wort, das durch den Mund Gottes ausgeht“ (Matthäus 4,4). Und er sagt auch: „Ich bin das Brot des Lebens; wer zu mir kommt, wird nicht hungern, und wer an mich glaubt, wird niemals dürsten“ (Johannes 6,35). Deshalb ist es so wichtig, die Bibel zu lesen.

Denn es geht nicht nur um dieses kurze Leben, sondern darum, wo man die Ewigkeit zubringen wird. Das ist ein ernster Gedanke. Und Gottes Wort zeigt den Weg zum ewigen Leben und den, der den Weg dorthin gebahnt hat: Jesus Christus. Er sagt: „Ich bin der Weg und die Wahrheit und das Leben. Niemand kommt zum Vater als nur durch mich“ (Johannes 14,6). Willst du ihm vertrauen? „Wen dürstet, der komme; wer will, nehme das Wasser des Lebens umsonst“ (Offenbarung 22,17).

Vom Anarchisten zum Christen

Der große Saal in einer westdeutschen Großstadt ist voll bis auf den letzten Platz. Fasziniert blickt jeder zum Rednerpult. Dort steht ein lebhafter, beeindruckender Mann. Man könnte ihn für einen Künstler halten: ein Romantikerkopf mit dunklen Locken, ein edles Gesicht, ein gepflegter Bart und vor allem die blitzenden Augen. Mit unerhörter Rednergabe zwingt er jeden in seinen Bann. Die klare Stimme erreicht alle, packend, ja elektrisierend.

Die Menge klatscht begeistert. Das ist endlich anders als die öden, langweiligen Parteireden. Das ist klar und aufrüttelnd, ja gefährlich. Der Parteivorstand, der den Redner eingeladen hat, ist beunruhigt. Noch nie hat jemand versucht, in ihr Parteiprogramm hineinzufunken, dass es nur so knistert und knallt.

Wer ist dieser Mann, der mit seiner kühnen Sprache die Masse des Proletariats wach rüttelt? Sein Name ist Fritz Binde, geboren 1867 als Sohn eines Uhrmachers in Heldburg/Thüringen, gestorben 1921 in Riehen/Schweiz. Der hochbegabte Fritz muss zwar das Uhrmacherhandwerk erlernen. Sein ganzes Streben gilt jedoch der Wissenschaft und der Kunst. So wird jede verdiente Mark in entsprechende Bücher umgesetzt. Mit 17 Jahren verlässt er sein Elternhaus im Streit, geht auf die Wanderschaft und kommt schließlich nach Solingen. Er geht dort seinem erlernten Beruf nach, stürzt sich aber mit Eifer bis in die Nächte hinein in das Studium des Marxismus und Sozialismus. Er wird gefragter Journalist und viel beachteter Redner auf Parteiversammlungen. Gott setzt er bewusst ab. Er will keinerlei Autorität über sich anerkennen. 1890 heiratet er die Tochter seines Chefs, der ihm in Vohwinkel ein eigenes Geschäft einrichtet.

Hier packt ihn schließlich – wie er selbst es ausdrückt – „der Ekel an dem herrsch- und rachsüchtigen Parteitreiben und der Zweifel an der sozialistischen Wissenschaft". Und weiter: „Vier Jahre hielt ich es aus unter diesen trinkenden, lärmenden Weltverbesserern, die glaubten, der Mensch werde besser, wenn seine äußeren Verhältnisse vorteilhafter würden." Von nun an studiert er die Werke der Philosophen Friedrich Nietzsche und Immanuel Kant, überwindet den Materialismus und wird Anarchist.

Hören wir ihn selbst: „Ich bitte, mich jetzt nicht falsch zu verstehen: Nicht alle Anarchisten tragen Bomben in den Taschen. Meine Hinwendung zum Anarchismus als Lebensphilosophie geschah wesentlich unter dem Einfluss des Kant'schen Denkens, mit dessen Hilfe ich den naturwissenschaftlichen und historischen Materialismus überwand. Kants Lehre von der sittlichen Selbstgesetzgebung des Einzelnen ließ in mir den Glauben reifen, jeder müsse sein eigener Richter und Ordnungshüter werden. Ich kam zu der Überzeugung, dass dadurch jegliche Rechts- und Gesellschaftsordnung überflüssig würde. Die ‚freie Persönlichkeit in der freien Gesellschaft' wurde mein neues Ideal, für das ich kämpfen wollte. Freilich, zwei Jahre später war auch diese Utopie im Nichts zerronnen und lag als erkannter Irrtum hinter mir ..."

Schließlich verkauft er sein Geschäft und zieht nach Bonn. Hier wendet er sich ganz der Kunst zu, schreibt Theaterkritiken und Rezensionen von Kunstausstellungen. In der Kunst sieht er die Erlöserin der Menschheit, und er verkehrt in einem Kreis von Künstlern und Kunstfreunden, Philosophen und Journalisten.

Dann kommt die große Wende in seinem Leben. Er selbst schreibt: „Bis zu meinem 33. Lebensjahr ging ich meine eigenen Wege und wollte von Jesus nichts wissen. Schuld daran war weniger die Begierde nach den sogenannten Freuden des Lebens, mich faszinierte vor allem die Weisheit der Welt." Aber so fern er von Gott war – Gott war nicht fern von ihm. Er ging ihm nach – er suchte ihn. Und wenn Fritz Binde auf sein Leben zurückblickte, dann gab es immer wieder Ereignisse, die sein Gewissen erreichten und die er nicht vergessen konnte.

So kommen ihm die Bibelverse in den Sinn, die er einst als Kind lernte. Dann denkt er an ein Erlebnis, das er als ein von zu Hause Weggelaufener in einer Herberge in Frankfurt hatte. Damals spricht mitten im Stimmengewirr des großen, dunklen Schlafsaals plötzlich eine Stimme von der Bibel und sagt in die Menge hinein: „Die Bibel, die absolut zuverlässige Offenbarung Gottes, sagt: Jesus Christus ist das Lamm Gottes, das die Sünde der Welt trägt, und ich bin durch Jesus Christus von meiner Sündennot erlöst und kann nun ohne ihn nicht mehr leben!"

Dieses ruhige Christuszeugnis reizte den jungen Fritz Binde zum Widerspruch. Ärgerlich sagte er in das Dunkel hinein: „Ich glaube weder an die Bibel noch an den Sohn Gottes. Das ist mittelalterlicher Unsinn. Ich glaube nur an die Wissenschaft!" Sofort kam aus dem Dunkel die feste und starke Antwort des Unbekannten: „Dann werden Sie in Ihren Sünden bleiben und entweder darin verderben oder Gott wird Sie erfassen und durch viel Elend hindurch zum Glauben bringen. Und dann werden Sie Ihre Worte von heute Abend bitter bereuen." Damals lachte er höhnisch und schlief ohne Bedenken ein.

Und dann Jahre später – da war das Stiftungsfest der Uhrmacher-Innung. Er hält die Festrede. Voll Schwung und Schneid redet er. Alle jubeln ihm zu, und er sonnt sich im Applaus. Er sagt selbst, dass ihm der Ruhm mehr zu Kopf gestiegen war als das getrunkene Bier. Aber auch hier steht der heilige Mahner wieder hinter ihm und geht ihm nach. Als Fritz Binde spätabends inmitten der Kollegen heimgeht, hinkt ein sächsischer Kollege auf ihn zu und hält ihm ebenfalls eine Rede; eine Rede, ganz auf seine Situation zugeschnitten. Er sagt ihm: „Ich wollte nur was sagen. Sie haben ja eene sehr scheene Rede gehalten, eene Rede zum Lobe unseres irdischen Berufs. Aber gennense denn ooch unsern himmlischen Beruf, dass wir Gottes Kinder werden sollen durch den Glauben an unseren Herrn und Heiland Jesus Christus? Sähnse, den gennense niche! Sähnse, das wollt ich Sie bloß sagen! Ich wollt Sie sagen, dass Sie sich bekehren müssen! Das musst ichse sagen, sähnse!“ Im Augenblick kommt ihm das lächerlich vor, aber der Stachel in seinem Gewissen sitzt.

Wieder vergeht die Zeit. Sein Schwiegervater Kortenhaus war ein treuer Christ, und Fritz Binde erlebte in seinem Haus etwas von der Kraft und dem Frieden des Christentums. Fritz Binde bleibt jedoch scheinbar unberührt. Er selbst schreibt: „Mein Schwiegervater war bald gestorben. Der Kummer über meinen Lebenswandel und unsere Ehe hat ihn frühzeitig unter die Erde gebracht."

Aber Gott rührt ihn an. Seine Frau hat von einem Verkäufer einen christlichen Abreißkalender erstanden. Den hängt sie an die Wand vor seinen Schreibtisch. Täglich reißt er ein Blatt ab und wirft es zerknittert in den Papierkorb. „Widerliches Zeug!" Aber da – eines Tages redet der Kalender erneut zu seiner Seele. „Das Blut Jesu Christi, seines Sohnes, reinigt uns von aller Sünde" (1. Johannes 1,7). Und immer wieder aufs Neue: „Nicht die Gesunden brauchen einen Arzt, sondern die Kranken" (Lukas 5,31). Und dann: „Die auf den Herrn harren, gewinnen neue Kraft: Sie heben die Schwingen empor wie die Adler" (Jesaja 40,31). Jedoch wenn Gott zu ihm durch das gedruckte Wort spricht, dann redet in seinem Inneren eine Stimme dagegen.

Aber das Gotteswort auf dem Kalender redet wieder und wieder mit ihm, um ihn zu überwinden. Endlich kommt es zur Entscheidung. Denn es ist Gottes Stimme, die mit ihm redet. Fritz Binde erkennt, dass er in einem gewaltigen Lebensbankrott steht, aus dem ihn nur Gottes Hand herausreißen und befreien kann. Er bricht vor dem heiligen Gott zusammen und beginnt zu ihm zu schreien, zu dem Gott, zu dem er einst in seiner Kinderheimat Thüringen kindlich-fromm gebetet hat. Er bekennt seine Sünden, seinen Eigenwillen, sein verirrtes, verpfuschtes Leben, dringt hindurch zur Gewissheit des Glaubens. Und er erfährt, was auch ein Graf Zinzendorf einst erfuhr und bekennen durfte: „Bis zum Schwören darf ich's wissen, dass mein Schuldbrief ist zerrissen, dass mein Jesus starb für mich!" Ja, dort am Kreuz auf Golgatha hatte Jesus Christus, Gottes Sohn, auch seine Schuld bezahlt! Er kann in die Worte des Psalmisten einstimmen: „Glückselig der, dessen Übertretung vergeben, dessen Sünde zugedeckt ist! Glückselig der Mensch, dem der HERR die Ungerechtigkeit nicht zurechnet und in dessen Geist kein Trug ist! ... Ich tat dir meine Sünde kund und habe meine Ungerechtigkeit nicht zugedeckt. Ich sprach: ‚Ich will dem HERRN meine Übertretungen bekennen'; und du hast die Ungerechtigkeit meiner Sünde vergeben ... Du umgibst mich mit Rettungsjubel" (Psalm 32,1.2.5.7).

In jenen Tagen innerer Kämpfe führt Gott ihm wieder Menschen in den Weg, die ihm auf dem Weg des Glaubens Wegweiserdienste tun dürfen. Und nun lernt er auch den tiefen Sinn der Gnade Gottes besser zu verstehen: Wenn ein Staatsoberhaupt einen rechtmäßig verurteilten Verbrecher begnadigt, dann lässt diese politische Instanz Gnade vor Recht ergehen. Menschliche Gnade setzt also die Gerechtigkeit beiseite. Gott aber erweist seine Gnade nie auf Kosten seiner Gerechtigkeit, sondern immer in Übereinstimmung damit. Seine Gerechtigkeit verlangt die Bestrafung der Menschen für ihre Sünden, aber in seiner Gnade hat er seinen eigenen Sohn als Sühnung für unsere Sünden gesandt. „Hierin ist die Liebe: nicht dass wir Gott geliebt haben, sondern dass er uns geliebt und seinen Sohn gesandt hat als Sühnung für unsere Sünden" (1. Johannes 4,10). Am Kreuz auf Golgatha sind seine gerechten Anforderungen durch Jesus Christus vollständig erfüllt worden. Zugleich erstrahlt dort seine anbetungswürdige Gnade! Das ist Liebe, die wir nicht verdient haben!

In einem stillen Ort im Kanton Zürich, wohin Gott ihn dann schickt, findet er die Aufgabe, zu der er ihn ausersehen und berufen hat. Hin und her, in der Schweiz und in Deutschland, hat er in den ihm noch geschenkten 18 Jahren seines Lebens das Evangelium des Heils in Jesus Christus vor vielen Tausenden verkündigt. Hat er früher den Herrn Jesus bekämpft, so tritt er nun mit umso größerer Entschiedenheit und Treue für ihn ein. Schnell verbreitet sich der Ruf dieses Zeugen seiner Gnade. Und auch durch seine Bücher und Schriften wird er vielen ein Wegweiser zum ewigen Leben.

Altlasten

Hannover, Sonntag, der 15. Oktober 2006: Heute ist eine der größten Evakuierungen seit dem Zweiten Weltkrieg. 22.000 Bewohner müssen ihre Wohnungen verlassen, weil drei bis zu 6,5 Meter tief im Boden liegende Fünf- und Zehn-Zentner-Bomben entdeckt werden. 1000 Feuerwehrleute, Polizisten und Mitarbeiter von Hilfsorganisationen sind im Einsatz. Für die Evakuierten stehen Schulen zur Verfügung. Rund 200 Bettlägerige und Gehbehinderte werden in einer Bundeswehrkaserne untergebracht und ärztlich betreut. Aus Gulaschkanonen gibt es heiße Erbsensuppe. Den Spezialisten des Kampfmittelbeseitigungsdienstes gelingt die heikle und gefahrvolle Arbeit. Sie können die Bomben entschärfen.

Aschaffenburg, Montag, der 23. Oktober 2006: Bei Bauarbeiten an der Autobahn A3 explodiert um 10.50 Uhr eine Fliegerbombe aus dem Zweiten Weltkrieg. Ein Baufahrzeug wird hochkatapultiert, und die Wrackteile fliegen bis zu 500 Meter weit durch die Luft. Der 46 Jahre alte Fahrer ist auf der Stelle tot. Die Wucht der Explosion hinterlässt einen 2,5 Meter tiefen und 8 Meter breiten Krater.

Zwei Ereignisse, die sehr deutlich zeigen, dass mehr als 60 Jahre nach dem Krieg noch immer eine tödliche Gefahr von diesen Altlasten ausgeht. Man kann es nicht als „Schnee von gestern“ abtun. Und zur Hinterlassenschaft zählen nicht nur britische und amerikanische Fliegerbomben, sondern auch Granaten, Minen und Gewehrmunition. Hinzu kommt, dass manche Bomben im Lauf der Zeit gefährlicher geworden sind. Chemische Langzeitzünder verändern sich und können Bomben einfach so zum Detonieren bringen. Wie viele Blindgänger noch unter der Erde liegen, weiß man nicht. Mehrere Millionen Sprengkörper sind im Krieg abgeworfen oder verschossen worden – von der Handgranate bis zur schwersten Luftmine. Sprengstoffexperten gehen davon aus, dass rund 20 Prozent der Bomben nicht zündeten. Allein in Niedersachsen sind wahrscheinlich noch mehr als 10.000 unter der Erde. Hier müssen die Entschärfungstrupps immer noch etwa 1600 mal im Jahr ausrücken. Und in Nordrhein-Westfalen entsorgten die Spezialkräfte im Jahr 2005 fast 30.000 Kampfmittel, darunter 1167 Bomben.

Bei dem Weltjugendtag in Köln, der im August 2005 auf den Rheinwiesen stattfand, wurden mehrere Hunderttausende Besucher erwartet. Hier hatten die Kampfmittelräumer im Vorfeld 63 Bomben, 2232 Sprengkörper und große Mengen Munition vom Veranstaltungsgelände entfernt. Die wichtigste Fährte hierbei sind die von den ehemaligen alliierten Streitkräften zur Verfügung gestellten

Luftbilder, die nach den Bombenabwürfen aus den Flugzeugen aufgenommen wurden. Allein für den Räumdienst auf den Rheinwiesen mussten einige hundert Luftbilder mit Hilfe von Computern ausgewertet werden.

Wenn wir uns an diese schlimmen Altlasten erinnern, dann kann man nur mit Schrecken an die Regionen denken, wo bis in die Gegenwart hinein Kriege toben. Die schlimme Saat, sie tötet, und sie verdirbt weiter. Und genauso ist es mit der Schuld jedes Einzelnen. Jede einzelne Sünde richtet Schaden an und schwelt weiter wie ein Blindgänger. Und bei dem allwissenden Gott ist jede registriert. Wie gut, dass Vergebung und Heilung möglich sind. Die Voraussetzung hierfür sind eine echte Umkehr und der Glaube an den Retter Jesus Christus. Der bußfertige Gefängnisdirektor fragte einst: „Was muss ich tun, um errettet zu werden?" Und er bekam zur Antwort: „Glaube an den Herrn Jesus, und du wirst errettet werden" (Apostelgeschichte 16,30-31). Denn: „Das Blut Jesu Christi, seines Sohnes, reinigt uns von aller Sünde" (1. Johannes 1,7). „Ich tat dir meine Sünde kund und habe meine Ungerechtigkeit nicht zugedeckt. Ich sprach: ‚Ich will dem HERRN meine Übertretungen bekennen'; und du hast die Ungerechtigkeit meiner Sünde vergeben" (Psalm 32,5). Gott selbst hat die Möglichkeit geschaffen, dass wir unsere Altlasten loswerden können. „Wer seine Übertretungen verbirgt, wird kein Gelingen haben; wer sie aber bekennt und lässt, wird Barmherzigkeit erlangen" (Sprüche 28,13). Wer wollte nicht davon Gebrauch machen?

Neues von der Titanic

In der Schifffahrtsgeschichte hat kein Ereignis ein so großes Erschrecken und so viel Aufmerksamkeit hervorgerufen wie der Untergang der Titanic. Auf ihrer Jungfernfahrt von Southampton nach New York kollidierte der weltgrößte und angeblich unsinkbare Luxusliner mit einem Eisberg und sank in zwei Stunden und vierzig Minuten. Das geschah in der Nacht zum 15. April 1912. Von den 2208 Passagieren und Besatzungsmitgliedern ertranken 1504 Menschen in den eiskalten Fluten des Atlantiks, darunter der Kapitän Edward John Smith, der freiwillig mit dem Schiff unterging. Von den aus dem Atlantik geborgenen Toten, von denen einige nie identifiziert wurden, wurden 121 Opfer auf dem Fairview Cemetery in Halifax, in der Provinz Neuschottland von Kanada, begraben.

Das Interesse am Schicksal der Titanic ist bis heute ungebrochen. Das zeigt zum Beispiel der amerikanische Spielfilm „Titanic", der 1997 anlief und alle Rekorde brach. Mit insgesamt 11 Oscars und einem weltweiten Einspielergebnis von über 1,8 Milliarden US-Dollar gilt er bis heute als der erfolgreichste Film aller Zeiten. Allein in Deutschland sahen ihn 18 Millionen Zuschauer.

Nach vielem Suchen wurde 1985 das Wrack der Titanic gefunden. Es liegt im Nordatlantik vor Neufundland in einer Tiefe von 3821 Metern. Bald darauf wurden die ersten bemannten Erkundungen mit einem Forschungs-U-Boot durchgeführt. Sogar für Privatpersonen werden Tauchfahrten zum Wrack für umgerechnet 30.000 Euro angeboten.

In dieser großen Tiefe ist der Wasserdruck enorm. Er beträgt hier etwa das 370-fache des normalen atmosphärischen Drucks. Dort liegen auf einer Länge von ungefähr 600 Metern drei große Schiffsteile: ein Bugteil, ein Mittelstück und das Heck. Der Bug ist am besten erhalten. In den großen Hallen der ersten Klasse haben selbst die imposanten Kronleuchter den Untergang fast unversehrt überstanden. Auch das Geschirr und viele der großen Spiegel sind unbeschädigt. Insgesamt wurden schon 5500 Gegenstände der Titanic geborgen.

Um die Besitzrechte an den Wrackteilen und den vielen Fundstücken wird bis heute vor Gericht gestritten. Jedenfalls sind etliche Stücke im britischen Seefahrtsmuseum in Greenwich bei London zu sehen.

Die Erforschung der Ursachen des Unglücks wird wohl kaum je abgeschlossen werden. Die wichtigsten Zeugen waren umgekommen, außer dem Kapitän auch die Offiziere William Murdoch und James Moody, mit denen er zum Zeitpunkt der Kollision mit dem Eisberg auf der Kommandobrücke war. Auch alle Ingenieure und Techniker der Titanic ertranken. Die letzte Überlebende der Titanic, Lillian Gertrud Asplund, die eigene Erinnerungen an den Untergang hatte, starb am 6. Mai 2006 im Alter von 99 Jahren. Zusammen mit ihrer Mutter und einem Bruder überlebte sie das Unglück, während ihr Vater und drei ihrer Brüder beim Untergang starben. Sie ist in Shrewsbury, Massachusetts, beerdigt.

Durch den Zusammenstoß mit dem Eisberg wurde der Rumpf des Schiffes unterhalb der Wasserlinie auf einer Länge von 90 Metern durch insgesamt sechs Lecks beschädigt. Der Aufprall war so stark, dass die Frachträume und Kesselhallen schnell geflutet wurden. Schon bald zeigte sich: Die Titanic ist nicht mehr zu retten.

Eine besondere Verantwortung trug zweifellos Kapitän Smith. Er hat das Tempo des Schiffs trotz mehrerer Eiswarnungen nicht gedrosselt, sondern behielt Kurs und Geschwindigkeit bei. Vielleicht wollte er die Leistungsfähigkeit der Titanic demonstrieren und gegenüber dem Konkurrenzschiff Olympic durch größere Schnelligkeit beweisen. Jedoch wurde er durch spätere Untersuchungen entlastet; denn sein Verhalten war damals gängige Praxis auf den Schnelldampfern. Selbst die Kapitäne der Hauptkonkurrenten erklärten, dass sie genauso gehandelt hätten. Dabei muss man auch bedenken, dass die enormen Ausmaße des Eisfelds nicht genau bekannt waren. Erst nach der Katastrophe wurde eine internationale Eispatrouille geschaffen. Von ihr wird seit dieser Zeit die Position und die Driftgeschwindigkeit der Eisberge ermittelt und an die Kommandobrücken weitergeleitet.

So wird die Frage der Unglücksursache weiter diskutiert. Bei der Suche nach Antworten steht auch das Schiff selbst im Mittelpunkt. Konstruktive Mängel beim Bau der Titanic wurden nicht gefunden. Allerdings geriet nach der Bergung von Wrackteilen das zum Bau verwendete Material in den Mittelpunkt des Interesses.

So führte man in staatlichen kanadischen Laboratorien, zunächst in Ottawa, dann in Halifax werkstoffkundliche Untersuchungen an geborgenen Stahlteilen vom Schiffsrumpf durch. Hierbei wurde der sogenannte Kerbschlag-Biegeversuch angewandt, ein Prüfverfahren zur Beurteilung der Werkstoffzähigkeit mit Hilfe eines Pendelschlagwerks. Zum Vergleich wurden für den Versuch je ein Stück moderner Schiffsbaustahl und ein Titanic-Stahlstück genommen.

Die computergestützte Prüfmaschine arbeitet äußerst präzise, allerdings ist der Vorgang auch sehr von der Temperatur abhängig. Deshalb wurden beide Stahlteile zuvor in minus 1 Grad kaltem Alkohol gelagert, um die Meerwassertemperatur zur Zeit des Titanic-Unglücks zu simulieren. Zunächst wurde der moderne Stahl geprüft. Beim Aufschlag des Pendels gab es ein dumpfes Geräusch, und das Probestück zeigte eine V-förmige Einbuchtung, aber keinerlei Risse. Dann wurde das originale Titanic-Teil geprüft. Und als das Pendel auftraf, gab es ein klirrendes „Ping", und der Stahl lag in Stücke zerbrochen auf dem Boden.

Die Aussagekraft der Prüfung wurde jedoch angezweifelt. Völlig zu Recht wies man darauf hin, dass sich der Stahl der Titanic durch die jahrzehntelange Lagerung unter dem gewaltigen Druck, der in der Tiefsee herrscht, verändert haben könnte. Und eine Simulation solcher Gegebenheiten war nicht möglich.

Da kam „Kommissar Zufall“ zu Hilfe: Ein gewisser Bud Weatherup aus der kanadischen Provinz Nordschottland hatte von den Untersuchungen gelesen und meldete sich bei dem Forscherteam in Halifax. Er berichtete von seinem Vater Edwin Blow Weatherup, der 1921 von Irland nach Kanada auswanderte und vorher in Belfast im Lohnbüro der Titanic-Werft Harland & Wolff beschäftigt war. Der besaß als Andenken an den Bau der Titanic ein eineinviertel Zoll großes Stück Titanic-Stahl, wie es beim Herausstanzen der großen Nietlöcher des Rumpfstahls anfiel. Er hatte es mit seinen Initialen versehen und als Briefbeschwerer benutzt.

Seine Angaben wurden überprüft und entsprachen den Tatsachen. Und die Forscher in Halifax freuten sich, dass ihnen das Teil zur Untersuchung überlassen wurde. Der Spezialist Ken Karis Allen hat daraufhin die Stahlschichten mit einem Spezial-Mikroskop genau untersucht und fand Erstaunliches: Der Stahl, der jahrzehntelang auf einem Schreibtisch als Briefbeschwerer diente, und der, der ebenso lange unter gewaltigem Druck auf dem Grund der Tiefsee lag, sind absolut identisch! Die Zellstrukturen, die Körnung und die chemische Zusammensetzung stimmen völlig überein. Besonders der Schwefelanteil ist bei beiden gefährlich hoch.

Damit war der Beweis erbracht, dass das Baumaterial der Titanic absolut ungeeignet war. Stahl dieser Beschaffenheit und noch dazu bei niedriger Temperatur ist so spröde, dass er bei einer Kollision wie Porzellan zerbröckelt.

Alles das erinnert uns daran, was die Bibel über die Natur des Menschen sagt. Wissenschaft, Technik und Kunst zeigen sehr überzeugend, dass wir die Intelligenz und Fähigkeit zu großartigen Erfindungen und genialen Kunstwerken haben. Und das Wort Gottes bestreitet das nicht. Das Problem besteht nicht darin, dass wir nicht zu hervorragenden Leistungen fähig sind, sondern vielmehr darin, dass unser innerer Kern hoffnungslos verdorben ist.

Das hört sich hart an. Aber das ändert nichts an der Tatsache. Alles, was wir sind und was wir tun – es trägt den Stempel des Versagens. Wenn wir die Menschen um uns her betrachten, sehen wir bei ihnen nicht den Beweis hierfür? Und sieht es in meinem eigenen Leben anders aus?

Das Forscherteam, das das Material der Titanic untersuchte, nannte die Titanic-Tragödie ironischerweise „die Challenger von 1912“. Denn auch die Challenger-Raumfähre raste wegen eines Materialfehlers in die Katastrophe. Sie explodierte am 28. Januar 1986 nur 73 Sekunden nach dem

Start in 15 Kilometer Höhe. Bei dem schwersten Unfall in der Raumfahrtgeschichte kamen alle sieben Astronauten ums Leben.

Der „Materialfehler" bei uns hat seine Ursache in der Sünde. Ursprünglich war alles absolut fehlerfrei. Denn „Gott sah alles, was er gemacht hatte, und siehe, es war sehr gut" (1. Mose 1,31). Aber der Ungehorsam des Menschen gegen seinen Schöpfer hatte alles verdorben. Die Bibel muss feststellen: „... denn alle haben gesündigt und erreichen nicht die Herrlichkeit Gottes." Traurig, aber wahr. Die gute Botschaft ist aber, dass dieses Urteil der Bibel nur der erste Teil dieser Feststellung ist. Sie geht nämlich folgendermaßen weiter: „... und werden umsonst gerechtfertigt durch seine Gnade, durch die Erlösung, die in Christus Jesus ist" (Römer 3,23-24).

Unser verdorbener Zustand wird von Gott verurteilt. Aber gleichzeitig – und auf seine Kosten – stellt er das unbegreifliche Heilmittel bereit. Aufgrund des stellvertretenden Opfertodes von Jesus Christus will er uns von unserer absoluten Verlorenheit erlösen. Er gibt die Gelegenheit, „von neuem geboren zu werden" und die Neuheit des Lebens zu erfahren. Jesus Christus spricht: „Wahrlich, wahrlich, ich sage dir: Wenn jemand nicht von neuem geboren wird, so kann er das Reich Gottes nicht sehen" (Johannes 3,3).

Der Stahl der Titanic kann nicht neu werden, aber bei uns geht das!

Gewiss, unsere alte, verdorbene Natur haftet uns weiter an – und stirbt eines Tages. Aber das, was wir in der Wiedergeburt werden, lebt für immer. Und in der Auferstehung – so verspricht es Christus – wird alles an uns völlig unverderblich und verherrlicht sein.

Kommt dir das alles weit hergeholt vor? Das mag sein. Aber im Gegensatz zu jeder Science-Fiction, der allmächtige Gott wird es mit Sicherheit genau so ausführen. „Den, der Sünde nicht kannte", – das ist Christus – „hat er für uns zur Sünde gemacht, damit wir Gottes Gerechtigkeit würden in ihm." „Daher, wenn jemand in Christus ist, da ist eine neue Schöpfung; das Alte ist vergangen, siehe, Neues ist geworden" (2. Korinther 5,21.17). Das kannst du heute erfahren.

Damoklesschwert

Der erste Schauplatz dieser Geschichte ist die berühmte Stadt Syrakus auf Sizilien. Hier hatte sich der griechische Tyrann Dionysios rund 400 Jahre vor Christus eine mächtige Burg errichtet. Und von dort aus regierte er sein großes Reich mit diktatorischer Macht und Strenge.

Der lateinische Schriftsteller Cicero (106–43 v. Chr.) berichtet eine interessante Begebenheit aus der Zeit des Dionysios:

Da ist einer seiner Höflinge namens Damokles, der das Glück seines Landesherrn überschwänglich preist. Er meint, dass man als allgewaltiger Herrscher wohl herrlich und in Freuden leben kann. Und seine Meinung verkündet er lange Zeit und ungehindert.

Eines Tages reagiert Dionysios darauf mit einem ungewöhnlichen Einfall, um ihm eine Lektion zu erteilen: Er fordert den Damokles auf, an der Prunktafel auf seinem Fürstensessel Platz zu nehmen. Dann müssen ihm die Leibdiener die erlesensten Speisen und Weine auftragen.

Als Damokles jedoch aufblickt, nimmt er mit Entsetzen wahr, dass genau über seinem Kopf ein schweres, spitzes Schwert hängt. Es schwebt – nur an einem Pferdehaar befestigt – über ihm und kann jeden Augenblick auf ihn heruntersausen. Welch ein treffendes Symbol der auch im Wohlleben und Genuss ständig lauernden Gefahr! Kein Wunder, dass die Rede vom Damoklesschwert von der Antike bis heute sprichwörtlich geworden ist.

Nun zu einem anderen Schauplatz: Jerusalem. Diese Stadt hatte ihren Herrn und Heiland in ihren Mauern. Er lebte wohltuend und heilend in ihrer Mitte. Alle hatten seine Liebe, Güte und Wahrheit erfahren. Aber ihre Bewohner waren gleichgültig geblieben, sodass Jesus Christus über die Stadt weinte und ausrief: „Wenn du doch erkannt hättest – und wenigstens an diesem deinem Tag –, was zu deinem Frieden dient!" (Lukas 19,42).

Wie ist doch die Sünde der Gleichgültigkeit so weit verbreitet, damals wie heute. Wen wundert es, dass das Gerichtsschwert über der Stadt hing, gleichsam wie an einem seidenen Faden? Und wer die Geschichte kennt, weiß, dass kurze Zeit später Jerusalem mitsamt seinem Tempel zerstört wurde und kein Stein auf dem anderen blieb.

Unsere Welt hat Jesus Christus einst verworfen. Und seit 2000 Jahren verwirft sie ihn immer noch. Bis heute. Gleichgültigkeit, gepaart mit Wohlleben, frecher Unmoral und Missachtung der Gebote Gottes sind die traurigen Kennzeichen unserer Tage. Deshalb ist sie reif zum Gericht. Und auch über uns Menschen des 21. Jahrhunderts schwebt ein Damoklesschwert. Und sogar mehr als eins. Große Umweltkatastrophen, weltweite Epidemien oder ein Krieg mit nuklearen, biologischen oder chemischen Waffen

– alles das kann sehr bald und plötzlich über uns hereinbrechen. Und doch ruft Jesus, der Herr, dir ganz persönlich zu: „Wenn du doch erkannt hättest – und wenigstens an diesem deinem Tag –, was zu deinem Frieden dient!“

Hast du es gehört? Du bist gemeint! Heute an diesem deinem Tag. Du darfst ihm völlig vertrauen und dich heute in echter Umkehr und im Glauben zu ihm wenden. Er verspricht dir: „Wer zu mir kommt, den werde ich nicht hinausstoßen“ (Johannes 6,37). Deshalb tu jetzt den entscheidenden Schritt deines Lebens. Dann wird deine Schuld vergeben, und du bekommst Frieden mit Gott und ewiges Leben.

Die schnellsten Männer der Welt

Laufsport wurde schon in der Antike gepflegt, davon zeugen die vielen Arenen aus dieser Zeit. Und auch in der Bibel kommen die Begriffe „Rennbahn“, „Läufer“, „Wettlauf“ und „Kampfpreis“ vor. So kann dieser Zweig der Leichtathletik wohl auf die längste Geschichte aller Sportarten zurückblicken.

Am bekanntesten ist der historische Marathonlauf, wenngleich es dort nicht um sportliche Ambitionen ging. Im Jahr 490 vor Christus geschieht es: 600 Segel der persischen Flotte nehmen Kurs auf Griechenland. Der mächtige Perserkönig Darius will mit seinen besten Kriegern die Griechen bezwingen. An der Ostküste der Halbinsel Attika gehen sie siegesgewiss an Land. Selbst schon die Ketten haben sie mitgebracht, mit denen sie die Griechen als Sklaven gen Osten bringen wollen. Doch bald ist der tapfere griechische Feldherr Miltiades zur Stelle. In einem kühnen Handstreich stürmen seine Truppen gegen die Perser und durchlaufen den tödlichen Pfeilhagel der Bogenschützen. Und nach erbittertem Kampf in der Ebene von Marathon werden die Krieger des berühmten Perserkönigs in die Flucht geschlagen. Bei Sonnenuntergang retten sich die Übriggebliebenen mit knapper Not auf ihre Schiffe und verlassen blutend und gedemütigt die attische Küste. Und dann jagt ein griechischer Läufer mit fliegendem Atem durch die Weingärten und Olivenhaine in das über vierzig Kilometer entfernte Athen. „Sieg! Sieg!“, ruft er mit letzter Kraft – und bricht auf dem Marktplatz von Athen tot zusammen.

So weit die Historie, und keiner hat diesen historischen Lauf abgestoppt. Jedenfalls wurde er in die sportlichen Leistungen der modernen olympischen Spiele einbezogen. Und so geht dieser längste Wettlauf über eine Strecke von genau 42,195 Kilometer. Und bis zum heutigen Tag ist der Marathonlauf der absolute Höhepunkt jeder Olympiade.

Wenn es im Sport noch Wunder gibt, dann am ehesten in den Laufdisziplinen der Leichtathletik. So hat sich 1952 bei der Olympiade in Helsinki eins ereignet, als Emil Zatopek (1922–2000) einen Dreifach-Sieg im 5000-Meterlauf, im 10.000-Meterlauf und im Marathonlauf errang. Das ist bis heute unerreicht geblieben. Und als die „tschechische Lokomotive“, wie er genannt wurde, seine dreifache Goldmedaillenleistung für Laufstrecken kommentieren soll, gibt er schmunzelnd die Erläuterung: „Fisch schwimmt, Vogel fliegt, Mensch läuft!“

Später ist er Offizier der tschechischen Armee und unterstützt im Jahr 1968 maßgeblich den sogenannten „Prager Frühling“, den friedlichen Volksaufstand gegen die bolschewistische Tyrannei. Beim Einmarsch der sowjetischen Truppen in Prag klettert er in seiner Majorsuniform auf einen russischen Panzer und fordert die Sowjets auf: „Fahrt nach Hause!“ Das Foto hiervon ging um die ganze Welt. Nach Niederschlagung des „Prager Frühlings“ durch die Kommunisten wird er sofort gefangen genommen und muss in einem Uranbergwerk arbeiten. Von ihm ist unter anderem die folgende Aussage überliefert:

„Wir sollten eigentlich jeden Morgen Marx lesen, damit wir unsere Regierung besser verstehen. Ich tue das nicht, denn meine Lektüre ist die Bibel. Darin finde ich Kraft, das zu tun, was ich für richtig halte. Alles in der Welt ist vergänglich, nicht aber die seelische Kraft der Verbindung mit Gott."

Ein anderes Laufwunder war Abebe Bikila (1935–1973) aus Äthiopien. Der Feldwebel der kaiserlichen Palastwache in Addis Abeba holte zweimal Marathon-Gold für sein Land: 1960 in Rom in der Zeit von 2:15:16 und 1964 in Tokio mit 2:12:11. Damit ist er bis heute der erste Läufer, dem bei den olympischen Spielen ein Folgesieg im Marathonlauf gelang. Interessanterweise lief er die riesige Strecke barfuß.

1968 hatte er einen Autounfall und war seitdem querschnittsgelähmt. Seit jener Zeit saß er im Rollstuhl, aber seinen sportlichen Ehrgeiz hatte er nicht verloren. So nimmt er im Jahr 1970 – eigentlich als Zuschauer geladen – an einem Schlittenrennen in Norwegen teil – und gewinnt Gold über 10 km und 25 km.

Erstaunlich sind auch die Marathonrekorde der jüngsten Zeit. Einen besonderen Weltrekord errang der Kenianer Paul Tergat (geb. 1969).

Am 28. September 2003 durchbricht der kenianische Luftwaffenoffizier beim Berlin-Marathon als Erster in einer Zeit von 2:04:55 die Schallmauer von 2 Stunden und 5 Minuten. So schnell wie der elegant laufende Afrikaner, der bei 182 cm Größe nur 62 kg wiegt, hat keiner vor ihm die klassische Distanz gelaufen. Das bedeutet die für einen Marathonläufer kaum vorstellbare Durchschnittsgeschwindigkeit von mehr als 20 Kilometer pro Stunde. Beim Berliner Marathonlauf 2011 schließlich erringt der Kenianer Patrick Makau (geb. 1985) mit 2:03:38 den Weltrekord.

Wenn wir uns die schnellsten Männer der Welt ansehen, dürfen die 100-Meter-Sprinter nicht fehlen. Viele Leichtathletik-Fans halten gerade die 100-Meter-Strecke für die attraktivste aller Kategorien, und zwar deshalb, weil hier die höchsten Geschwindigkeiten gemessen werden. Den Weltrekord hält der Goldmedaillengewinner der Olympischen Spiele von Athen, der 1982 geborene Jamaikaner Asafa Powell. Im Athener Olympiastadion lief er am 14. Juni 2005 die 100 Meter in sagenhaften 9,77 Sekunden. Sein explosiver Start mit einer Reaktionszeit von nur 0,105 Sekunde bildete die Grundlage für diese Traumzeit, die noch kein Sprinter der Welt jemals erreichte. Er kann sich mit Fug und Recht als der schnellste Mann der Welt bezeichnen, zumal er 2006 genau diese Weltrekordzeit in Zürich wiederholt hat.

Seine Durchschnittsgeschwindigkeit auf diesen 100 Metern betrug 10,23 Meter pro Sekunde oder 36,84 km pro Stunde. Streckenmessungen haben gezeigt, dass er um den 60. Meter sogar eine Geschwindigkeit von 43,56 km/h erreichte. Der Weltrekordhalter bekennt sich gern zu seinem Glauben als Christ und betont immer wieder, wie viel Kraft ihm das Wort Gottes gibt.

Und wenn wir bei den schnellsten Männern der Welt sind und bei einigen von ihnen ihren Glauben an Jesus Christus sehen, darf Eric Lydell (1902–1945) nicht fehlen. An der Universität von Edinburgh, wo er seit 1920 studierte, wird sein sportliches Talent entdeckt. Er hat eine besondere Begabung für Leichtathletik, ist aber auch begeisterter Rugby-Spieler.

Lydell qualifiziert sich für die Olympischen Spiele 1924 in Paris als Sprinter. Beim 400-Meterlauf, der längsten Sprintdisziplin in der Leichtathletik, löst sich Lydell bald aus der Gruppe der Läufer, setzt sich mit unbändiger Kraft an die Spitze und siegt überlegen mit 47,6 Sekunden – Goldmedaille und Weltrekord! Seine Leistung ist so herausragend, dass jeder auch für den 100-Meterlauf mit einem überzeugenden Sieg Lydells rechnet. Doch was für eine Überraschung: Lydell tritt am folgenden Sonntag nicht zum Start des 100-Meter-Laufs an. Der zweite Triumph ist ihm so gut wie sicher, aber als gläubiger Christ will er auf keinen Fall an einer Sportveranstaltung teilnehmen, die an einem Sonntag stattfindet. Den überraschten Zeitungsreportern sagt er: „Meine Herren, heutzutage ist es gut, eine feste Überzeugung zu haben – mir ist der Sonntag heilig." Und Eric Lydell besucht an dem Tag, als der 100-Meterlauf stattfindet, in Paris einen Gottesdienst der angelsächsischen Gemeinde.

Vielleicht denkt mancher jetzt: Ich glaube auch an Gott – aber ist das nicht etwas überspannt? Doch dieser Sportler war von mehr überzeugt. Er hatte eine persönliche Beziehung zu dem Sohn Gottes, zu seinem Retter Jesus Christus. Deshalb glaubte er, dass es nicht zu viel ist, den Auferstehungstag seines Herrn, den Sonntag, zu heiligen und ihm zu weihen. Zugegeben, dazu muss man die Liebe Gottes persönlich erfahren haben. Und was ist schon der Verzicht auf eine Medaille im Vergleich zu dem himmlischen Lohn? Der bekannte brasilianische Fußballstar Jorginho, ein gläubiger Christ, sagte im Vorfeld zu den letzten Weltmeisterschaftsspielen: „Man kann alles gewinnen im Leben, aber wenn man seine Seele verliert, hat man alles verloren" (vgl. Matthäus 16,26).

Ein jeder, der vorübergeht …

Ich kam an einem Friedhof vorbei, an dessen Eingang zur Straße hin eine gut lesbare, große Tafel hing. Dort stand zu lesen:

> Ein jeder, der vorübergeht,
> der sehe zu, wie's bei ihm steht,
> denn, was ihr seid, das waren wir,
> und was wir sind, das werdet ihr.

Wie wichtig ist doch diese Aufforderung, über den Tod und die Ewigkeit nachzudenken! Das gilt nicht nur für alt gewordene, sondern auch für junge Menschen. Für jeden. Schau nur in die Zeitung, wie der Schnitter Tod auch junges, blühendes Leben abmäht, durch Krankheit oder durch ein Unglück, plötzlich und unerwartet … „Nur ein Schritt ist zwischen mir und dem Tod!" (1. Samuel 20,3).

Und nun geh in Gedanken mit mir über den Friedhof. Mancher Grabstein trägt die Inschrift „Hier ruht in Frieden …", und dann folgt ein Name. Aber – und das ist die große Frage: Ruhen er und sie, die dort der Erde übergeben wurden, wirklich in Frieden? Vielleicht gehört der Name, der dort auf dem Grabstein zu lesen ist, gar nicht zu den Namen, die im Himmel angeschrieben sind. Die Bibel redet mit heiligem Ernst davon, wie töricht ein Mensch ist, der sich durch äußeren Schein beruhigt. Frieden, wirklichen Frieden kennt nur der, der von ganzem Herzen in das Wort einstimmen kann: „Da wir nun gerechtfertigt worden sind aus Glauben, so haben wir Frieden mit Gott durch unseren Herrn Jesus Christus, durch den wir mittels des Glaubens auch den Zugang haben zu dieser Gnade, in der wir stehen, und rühmen uns in der Hoffnung der Herrlichkeit Gottes“ (Römer 5,1-2).

Auch in dem Gleichnis von den zehn Jungfrauen (lies Matthäus 25,1-13) begegnen wir dem ganzen Ernst der Frage nach dem Echt und Unecht. Alle trugen Lampen, alle gingen dem Bräutigam entgegen, und doch: Fünf von ihnen waren töricht. Die Hauptsache, Öl für ihre Lampen, hatten sie nicht. Statt der erwarteten Freude widerfuhr ihnen furchtbares Unheil: „Die Tür wurde verschlossen.“ Und auf ihr Rufen: „Herr, Herr, tu uns auf!“, bekommen sie zur Antwort: „Wahrlich, ich sage euch, ich kenne euch nicht“ (Matthäus 25,10-12).

Soll es dir auch so ergehen? Lass es nicht darauf ankommen, denn die Folgen sind ewig. Komm heute zu dem Herrn und Heiland Jesus Christus! Wenn du ihn hast, findest du alles, was dir zum Heil nötig ist.

... auch nicht einer

Der ehemalige Journalist Fritz Binde hat die entscheidende Wende seines Lebens selbst beschrieben. Diese Schrift wurde unter dem Titel „Vom Anarchisten zum Christen“ veröffentlicht (siehe auch Seite 135). Als blitzgescheiter Intellektueller besaß er geschliffene Umgangsformen und ein tolles Redetalent. Mit ganzer Leidenschaft betätigte er sich in der Politik. Bis er durch Gottes Gnade sein ichbezogenes Leben erkannte. Er sah seinen wirklichen Zustand im Licht von Gottes heiligem Wort, vollzog eine echte Umkehr und fand Vergebung und Heil in Christus.

Von nun an diente er seinem Herrn als treuer Zeuge. Dabei rang er besonders um die große Schar der „Gutbürgerlichen“. Gerade sie können es oft so schwer begreifen, dass da kein Unterschied ist, alle gesündigt haben und einen Retter brauchen, um nicht verloren zu gehen.

Eines Abends spricht er über die Zehn Gebote Gottes, jene klare Richtschnur für das Leben des Einzelnen und das Leben der Völker. Diese Zehn Gebote lauten kurz gefasst so (vgl. 2. Mose 20,1-17):

1. Ich bin der Herr, dein Gott. Du sollst keine anderen Götter neben mir haben.
2. Du sollst dir kein Bildnis machen ...

3. Du sollst den Namen deines Gottes nicht missbrauchen ...
4. Du sollst den Ruhetag heiligen ...
5. Du sollst deinen Vater und deine Mutter ehren ...
6. Du sollst nicht töten.
7. Du sollst nicht ehebrechen.
8. Du sollst nicht stehlen.
9. Du sollst kein falsches Zeugnis ablegen gegen deinen Nächsten.
10. Begehre nicht das Haus deines Nächsten, ... noch alles, was dein Nächster hat.

Während seines Vortrags tut Binde etwas Unerwartetes. Er ruft in den voll besetzten Saal hinein: „Nun bitte ich alle Zuhörer, die alle Zehn Gebote gehalten haben, den Saal zu verlassen." Er wartet einen Augenblick – niemand geht. Dann fordert er diejenigen auf, hinauszugehen, die meinen, fünf Gebote gehalten zu haben. – Alle bleiben sitzen. Atemlose Stille herrscht, als er schließlich mit großem Ernst seinem Publikum zuruft: „Jetzt bitte ich darum, dass jeder, der ein einziges Gebot gehalten hat, aufsteht und den Saal verlässt." Und keiner steht auf, auch nicht einer.

Ich kann mir gut vorstellen, wie der eine oder andere, der diese Begebenheit liest, denkt: „Da wollen wir aber mal schön auf dem Teppich bleiben und einen kühlen Kopf behalten." Vielleicht sagst du sogar: „Da wäre ich aber hinausgerannt und alle anderen hinter mir her. Und wir hätten den Redner vor leeren Stühlen stehen lassen.“ Deine spontane Reaktion ist verständlich – und doch ist sie falsch.

Auch ich und du – wir hätten sitzen bleiben müssen. Oder hast du – was das erste Gebot angeht – deinen Gott und Herrn zu jeder Zeit und von ganzem Herzen geliebt und geehrt? Und zwar in allem: in Gedanken, Worten und Taten? Und wer hat seinen Nächsten – seinen Mitmenschen – an der Werkbank, im Büro, in der Schule, im Bus, in Familie und Nachbarschaft stets geliebt wie sich selbst? „Größer als diese ist kein anderes Gebot“, so sagt es der Herr Jesus Christus selbst (Markus 12,31). Ist da ein Einziger unter uns, der sich nicht schuldig bekennen muss?

Aber, so wendet jemand ein: „Wie dem auch sei, die Ehe habe ich noch nicht gebrochen, ein Mörder bin ich nicht geworden, und gestohlen habe ich auch noch nicht.“ Doch Christus sagt in der sogenannten Bergpredigt ausdrücklich: „Ich aber sage euch: Jeder, der eine Frau ansieht, sie zu begehren, hat schon Ehebruch mit ihr begangen in seinem Herzen“ (Matthäus 5,28). Aber getötet hast du noch nicht? Dazu sagt Christus in demselben Kapitel mit heiligem Ernst: „... wer aber irgend sagt: Du Narr!

(oder: Verrückter), wird der Hölle des Feuers verfallen sein“ (Matthäus 5,22). Und an anderer Stelle sagt Gottes Wort: „Jeder, der seinen Bruder hasst, ist ein Menschenmörder ...“ (1. Johannes 3,15). Von dem millionenfachen Mord an dem ungeborenen Leben ganz zu schweigen. So ernst ist das mit dem Töten.

Mit dem „Du sollst nicht stehlen!“ ist es nicht anders. Da brauchst du kein Ladendieb zu sein. Wenn du bei deiner Steuererklärung das Komma verrückst, bei der Versicherung falsche Angaben machst oder wen auch immer du übervorteilst und übers Ohr haust – es sind Verstöße gegen Gottes heiliges Gebot. Die Reaktion der Zuhörer auf die Fragen, die Fritz Binde an sie stellte, war die einzig richtige: Keiner stand auf, auch nicht einer.

Es steht wirklich nicht gut um uns, wenn wir an Gottes Anspruch und an unser Versagen denken. Er sagt es selbst mehrfach in seinem Wort, dass keiner vor seiner Heiligkeit bestehen kann: „Der Herr hat vom Himmel herniedergeschaut auf die Menschenkinder, um zu sehen, ob ein Verständiger da sei, einer, der Gott suche. Alle sind abgewichen, sie sind allesamt verdorben; da ist keiner, der Gutes tut, auch nicht einer“ (Psalm 14,2-3; Psalm 53,3-4; Römer 3,22).

Haben wir nicht alle Gottes Erbarmen über uns sündige Menschen nötig? Oder ist da jemand, der seine Sünden mit in die Ewigkeit nehmen möchte, um dort vor einem heiligen Gott darüber Rechenschaft abzulegen und schließlich verurteilt und verdammt zu werden? Da ist es doch weiser, nicht länger Verstecken zu spielen, sondern seine Sünden jetzt vor Gott aufzudecken, damit er sie heute noch mit dem Blut Jesu Christi zudecken und vergeben kann.

Die Black Box

Bei der Aufklärung von Flugzeugabstürzen spielen zwei Aufklärungsgeräte eine große Rolle, die allgemein unter der Bezeichnung Black Box bekannt sind. Das sind der Flugdatenschreiber (FDR = Flight Data Recorder) und das Sprachaufzeichnungsgerät (CVR = Cockpit Voice Recorder). Übrigens sind sie im Widerspruch zu ihrem Namen nicht schwarz, sondern leuchtend orange-rot. Das macht sie in Flugzeugtrümmern leichter auffindbar. Kästen sind es schon, denn die Metallbehälter sind 50 Zentimeter lang, haben ein Gewicht von circa 13 Kilogramm und sehen nicht aufregender aus als ein Schuhkarton.

Ob Boeing, Airbus oder Tupolew – alle Maschinen, mit Ausnahme von Kleinflugzeugen, haben heute solche Geräte an Bord. Sie sind so konstruiert, dass sie Abstürze aus großer Höhe und kurzfristig auch Hitze bis zu 1100 Grad Celsius überstehen. Die Boxen befinden sich meistens im Flugzeugheck, weil das bei Abstürzen weniger zerstört wird.

Der Flugschreiber speichert wenigstens zwanzig Elemente, die die Fluglage und ihre Veränderungen registrieren. Vor allem sind dies Uhrzeit, die Flughöhe und Fluggeschwindigkeit, die Steig- oder Sinkflugrate, der Kurs und der Treibstoffdurchfluss. Der Stimmen-Recorder zeichnet alle Gespräche und Geräusche im Cockpit auf. Beide Geräte zusammen ergeben ein genaues Bild über den technischen Ablauf des Fluges und das Geschehen an Bord der Maschine.

In Amerika ist es üblich, die Aufzeichnungen von ernsten Zwischenfällen oder Katastrophen einer interessierten Öffentlichkeit zugänglich zu machen. Unter dem Titel „The Black Box – Last Words from the Cockpit“ wurde eine Auswahl von Protokollen aus dem Cockpit vorgelegt. Das Buch enthält nicht nur letzte Worte. Darin sind auch Dialoge der Hoffnung und Stoßseufzer der Erleichterung, wenn es noch einmal gut gegangen ist. „In unglaublich vielen Fällen“, schreibt der Herausgeber MacPherson, „gelingt es den Besatzungen, ihr Flugzeug sicher nach Hause zu bringen, ohne dass die Passagiere wissen, in welcher Lebensgefahr sie schwebten." Aber dann wieder sind es wirklich letzte Worte aus dem Cockpit, die aufgezeichnet wurden, und sie enden mit dem in Klammern gesetzten Hinweis „Sound of Impact" (= Geräusch des Aufpralls). Als im Januar 1982 eine Boeing 737 nach dem Start vom Flughafen Washington wegen starker Vereisung nicht genug Höhe und Fahrt gewann und durchzusacken begann, rief der Kopilot zuletzt noch: „Larry, wir stürzen ab!" – „Ich weiß", sagte der Kapitän. Sekunden später zerschellte das Flugzeug an einer Brücke des Potomac, und 74 Menschen starben. (Siehe hierzu den Beitrag auf Seite 58)

Wenn es zu einem Unfall gekommen ist, machen sich Spezialisten sofort auf die Suche nach den Flugschreibern. In Deutschland sind das die Beamten des Luftfahrtbundesamts in Braunschweig. Hierbei geht es nicht um die Ermittlung der Verantwortlichen, sondern um die Gewinnung zuverlässiger Daten, die die Absturzursache klären und die Flugsicherheit in Zukunft erhöhen sollen. Werden die Geräte gefunden, dann werden sie in Begleitung eines Justizbeamten ins Labor weitergeleitet, der auch bei der Öffnung der Black Box und der Datensicherung anwesend ist. Je nach Unglücksart ist das Lesen der Flugdaten eine sehr schwierige und heikle Angelegenheit, die oftmals wochen- und monatelang dauern kann.

Selbst wenn ein Flugzeug ins Meer stürzt und das Wrack tief unter Wasser liegt – der Flugschreiber sendet Signale aus. Das geschieht auf unterschiedlichen Frequenzen, die bis zu 24 Stunden nach dem Absturz eine bis auf drei Kilometer genaue Ortung möglich machen. Danach ist eine Ortung bis auf 20 Kilometer möglich. Aber nach 72 Stunden sind die Akkus erschöpft.

In solch einem Fall helfen – wenn überhaupt – nur noch Tauchroboter. Mit deren Hilfe wurden nach langem Suchen die Flugschreiber der Air-France 447 gefunden. Der Airbus A330 war am 1. Juni 2009 auf dem Flug von Rio de Janeiro nach Paris vor der Küste Brasiliens in den Atlantik abgestürzt – aus großer Höhe und mit hoher Geschwindigkeit. Ursache unbekannt. Alle 228 Insassen kamen ums Leben. Erst 2011 fand man in 4000 m Tiefe die Trümmerteile. Nach Auswertung der Flugschreiber stand fest: Es gab fehlerhafte Instrumente im Cockpit. Und die Copiloten waren überfordert. Der Autopilot war abgeschaltet, und der Flugkapitän hatte sich zum Schlafen zurückgezogen.

Bei Flugzeugabstürzen über dem Land werden die Aufzeichnungsgeräte so gut wie immer gefunden. Eine ganz große Ausnahme ist die Terroraktion in den USA am 11. September 2001. Die Flugschreiber der beiden voll betankten Maschinen, die in die Türme des World Trade Centers rasten, wurden nie gefunden. Dieser Umstand diente und dient bis heute den Vertretern bestimmter Verschwörungstheorien zur Verbreitung ihrer Sicht der Ereignisse. Jedoch ist es durchaus möglich, dass in der kaum vorstellbaren Hitze jenes Infernos selbst die Black Boxes zerschmolzen sind. – Die Flugschreiber der Maschinen, die an demselben Tag ins Pentagon gestürzt bzw. in Pennsylvanien zerschellt sind, wurden übrigens gefunden. Den Angehörigen der Opfer der letzteren Maschine wurde nach Abschluss der Untersuchungen das Band des Stimmenrecorders am 19. April 2002 über Kopfhörer vorgespielt. Die ganze Dramatik, die sich beim Flug 93 der American Airlines in der Boeing 757 zutrug, als die Passagiere versuchten, die Kidnapper zu überwältigen, wurde ihnen erst durch dieses Band erschreckend deutlich.

Es ist schon erstaunlich, was der Erfindungsreichtum des Menschen zuwege bringt. Hochsensible technische Geräte können Verborgenes ans Licht bringen. Aber Gott, der große Schöpfer Himmels und der Erde und der Erhalter aller Menschen, kann unendlich mal mehr. Er braucht keine Black Box.

Er sieht und hört und kennt alles und jeden. Zu jeder Zeit und überall. Grenzenlos. „Kein Geschöpf ist vor ihm unsichtbar, sondern alles ist bloß und aufgedeckt vor den Augen dessen, mit dem wir es zu tun haben" (Hebräer 4,13). Und Hiob nennt ihn schon „Beobachter der Menschen", und fragt: „Sieht er nicht meine Wege und zählt alle meine Schritte?" (Hiob 7,20; 31,4).

Und wie steht es um meine und deine Wege und Schritte? Kann vor ihm alles bestehen? Und nicht nur meine Wege und Schritte, nein, all mein Tun und Lassen, selbst meine Gedanken sind ihm bekannt. Vor ihm ist nichts, gar nichts verborgen. David sagt: „Du hast mich erforscht und erkannt! Du kennst mein Sitzen und mein Aufstehen, du verstehst meine Gedanken von fern. Du prüfst mein Wandeln und mein Liegen und bist vertraut mit allen meinen Wegen. Denn das Wort ist noch nicht auf meiner Zunge, siehe, HERR, du weißt es ganz" (Psalm 139,1-4). Und Jesus Christus, Gottes Sohn, sagt uns allen: „Denn es ist nichts verdeckt, was nicht aufgedeckt, und verborgen, was nicht erkannt werden wird" (Matthäus 10,26). Einmal wird alles offenbar. Da kann man nur mit David beten und zu Gott rufen: „Erforsche mich, Gott, und erkenne mein Herz; prüfe mich und erkenne meine Gedanken! Und sieh, ob ein Weg der Mühsal bei mir ist, und leite mich auf ewigem Weg!" (Psalm 139,23-24).

Eine Rundfunkansprache mit Folgen

Ole Hallesby (1879–1961) war – um mit Pfarrer Wilhelm Busch zu sprechen – „ein berühmter Professor, ein wundervoller Mann, so ein richtiger, gewichtiger, ernster Norweger". Er lebte ein reiches, von großer Aufrichtigkeit gekennzeichnetes Christenleben, und durch seine in viele Sprachen übersetzten Bücher ging reicher Segen aus. Vor allem war es sein Anliegen, die Wahrheit des Wortes Gottes hochzuhalten und alle gefährlichen Tendenzen und Irrlehren mutig zu bekämpfen. Seinen Glaubensmut hat er oft genug unter Beweis gestellt. Das gilt unter anderem auch für die Kriegszeit. Das deutsche Oberkommando hatte die überraschende Besetzung der wichtigsten norwegischen Küstenplätze von See her und durch Luftlandetruppen angeordnet. Dieser Schlag fand am 9. April 1940 statt, und alles lief auf die volle Besetzung Norwegens hinaus. Dort fand sich in dem Norweger Quisling (1887–1945) ein Handlanger, der bis 1945 von Oslo aus mit Härte gegen seine eigenen Landsleute regierte. Bis heute gilt der Name Quisling als der Inbegriff von Kollaboration und Verrat und ist als Bezeichnung für einen Kollaborateur nicht nur in die norwegische Sprache eingegangen.

Unterdrückung und Terror breiten sich bald in ganz Norwegen aus und treffen vor allem die norwegischen Juden. Ole Hallesby widersteht mit seiner ganzen Autorität der Willkür der Besatzungsmacht und setzt sich für die Verfolgten ein. Kein Wunder, dass er verhaftet wird und von 1943–1945 in ein norwegisches Konzentrationslager muss. In seinen Notizen über die Zeit im Lager ist der Abschnitt besonders ergreifend, in dem er über den Abschied von neun jungen Männern berichtet, die am Nachmittag des 4. Juli 1944 in die Todeszellen eingeschlossen werden und die man im Lauf der Nacht erschießen wird. Die Verurteilten bekennen freimütig ihren Glauben an den Erlöser, der ihnen wie im Leben so auch jetzt im Tod beistehen wird. Alle sind zutiefst bewegt. „Wir standen da in ehrfürchtigem Schweigen. Eine so ergriffene Versammlung habe ich noch nie gesehen", schreibt Ole Hallesby. Dann erschallt, von den neun Märtyrern gesungen, das Lied über das Lager:

Jesu Name leuchtet helle,
und sein Glanz vergehet nicht.
Jesu Name bringt der Seele
selbst in tiefster Nacht ein Licht.
Mag auch einst die Welt versinken,
mag vergeh'n der Sonne Schein:
Jesu Nam' wird weiter klingen,
unvergänglich wird er sein.

Ole Hallesby bleibt trotz allem unerschrocken in seinem Einsatz für die Gerechtigkeit. Wenn das unmenschliche Auftreten und die Brutalitäten zu weit gehen, so wissen die Mitgefangenen, dass sie in Ole Hallesby einen Sprecher haben, der mutig für sie alle eintritt.

Nach dem Krieg beginnt er wieder seine evangelistische Verkündigung. Dieser Dienst führt ihn durch das ganze Land und auch ins Ausland. 1953 hält Professor Hallesby eine Woche lang Ansprachen über Radio Oslo, den Norwegischen Reichsrundfunk. Hier sagt er unter anderem:

„Ich spreche sicher heute Abend zu vielen, die wissen, dass sie unbekehrt sind. Du weißt, wenn du tot zu Boden stürztest, würdest du direkt in die Hölle stürzen. Du weißt, dass du so, wie du jetzt bist, weder sterben kannst noch willst. Du musst bekehrt sein, ehe du stirbst, aber du willst dich nicht jetzt bekehren. Weißt du, dass auch Satan die Bekehrung predigt? Ja, er predigt oft mit biblischem Text. Als er Jesus in der Wüste versuchte, fing er damit an, dass er sagte: Es steht geschrieben. Und dann zitierte er einen ganzen Vers aus dem Alten Testament.

Wenn er von der Bekehrung predigt, spricht er: Es steht geschrieben, dass du dich bekehren musst, sonst kommst du in die Hölle, aber, sagt er, es hat ja keine solche Eile, wie die Prediger immer erzählen.

Dies ist sicher die feinste List Satans. Er bringt die Menschen dahin zu glauben, dass sie sich bekehren werden – später einmal. Das gibt ihnen Mut, unbekehrt zu leben. Wie kannst du, der du unbekehrt bist, am Abend ruhig schlafen gehen, der du nicht weißt, ob du am Morgen in deinem Bett oder in der Hölle erwachst?“

Diese Rundfunkansprache hatte Folgen. Wie kann ein Professor von Hölle reden? Ein Journalist der größten Osloer Zeitung schrieb einen Leitartikel mit dem Inhalt: „Wir sind doch nicht im Mittelalter!“ Hören wir, wie der Essener Jugendpfarrer Wilhelm Busch, der Hallesby persönlich kannte, diese Aufregung miterlebte und weitererzählt:

„Und wenn eine große Zeitung so etwas bringt, dann kläffen all die kleinen mit. Und durch den ganzen Blätterwald rauschte es: Wir sind doch nicht im Mittelalter! – Daraufhin hat der Rundfunk in Oslo den Professor Hallesby gebeten, er solle die Sache noch mal richtigstellen. Und wieder tritt der Professor Hallesby vors Mikrofon und sagt: ‚Ich soll diese Sache klären; ich will es tun: Es kann sein, dass Sie heute Abend friedlich ins Bett gehen und morgen früh in der Hölle aufwachen. Ich möchte Sie warnen!‘ – Nun tanzten alle Puppen ... Selbst ‚Der Spiegel‘ nahm die Sache auf und brachte einen großen Artikel.

Es war noch kein Jahr nach diesem Knall vergangen, da hatte ich Vorträge bei den Studenten in Oslo und abends noch ein paar öffentliche Vorträge. Das begann mit einer Pressebesprechung. Im Hotel waren die Vertreter aller Zeitungen versammelt. Da passierte das Wunderliche, dass ich rechts von mir den Journalisten hatte, der den Krach damals angefangen hatte, und links von mir Professor Hallesby als Vertreter der evangelischen Presse. Der Journalist fuhr auf mich ein: ‚Pfarrer Busch, Sie sind doch ein moderner Mensch. Was meinen Sie, gibt es eine Hölle?' ‚Ja', antwortete ich, ‚natürlich gibt es eine Hölle! Selbstverständlich!' ‚Das kann ich nicht verstehen, dass Sie das sagen', erwiderte er. ‚Ich bin gern bereit, es Ihnen zu erklären', sagte ich daraufhin. ‚Ich glaube, dass es eine Hölle gibt, weil Jesus es selbst gesagt hat …'"

So ging Hallesby in Treue seinen Weg, weil er sich allein auf den Felsen Jesus Christus gründete. Immer widerstand er der Lüge. So zog er auch gegen die sich breitmachende Irrlehre zu Felde, die behauptet, die Kirche Jesu Christi sei die Versammlung der Getauften. Mit aller Deutlichkeit weist er darauf hin, dass es sich hierbei um eine Irrlehre handelt, die ganz im Widerspruch zur Heiligen Schrift steht. „Die Kirche" – so betont er – „ist vielmehr die Versammlung der Heiligen, der in Wahrheit Glaubenden."

Wie gut ist es, sich an solche Männer des Glaubens zu erinnern. Obgleich sie gestorben sind, reden sie noch und rufen auch durch diesen kurzen Beitrag den Lesern zu: „So sind wir nun Gesandte für Christus, als ob Gott durch uns ermahnte; wir bitten an Christi statt: Lasst euch versöhnen mit Gott!“ (2. Korinther 5,20).

Höchste Instanz

Um den Preußenkönig Friedrich II, liebevoll auch der Alte Fritz genannt, ranken sich viele Anekdoten und Legenden. Eine dieser unterhaltsamen, oft unverbürgten Geschichten handelt von einem Nachbarschaftsstreit in der Nähe von Schloss Sanssouci. Dort fühlt sich Friedrich der Große durch das Geklapper einer nahe beim Schlosspark stehenden Mühle gestört. Schließlich bietet er dem Müller Johann Wilhelm Grävenitz kurz entschlossen an, die Mühle zu kaufen. Aber der lehnt ab. Daraufhin droht ihm der König: „Weiß Er denn nicht, dass ich ihm kraft meiner königlichen Macht die Mühle wegnehmen kann, ohne auch nur einen Groschen dafür zu bezahlen?“ Und der Müller antwortet: „Gewiss, Euer Majestät, das könnten Euer Majestät wohl tun, wenn es nicht das Kammergericht in Berlin gäbe!“

Das Kammergericht ist das älteste noch tätige Gericht in Deutschland. Und das besondere daran ist, dass die Richter nicht, wie es damals üblich war, unter einer Gerichtslinde in freier Natur tagten, sondern seit 1468 „in der Kammer" des Landesherrn Recht sprachen. Das ist der historische Grund, warum ein Gericht mit so hoher juristischer Bedeutung nach etwas so geringem wie einer Kammer genannt ist.

Und so halten die Berliner, die nicht gerade eine Neigung zum Tiefstapeln haben, an der alten Bezeichnung Kammergericht fest, obwohl man dessen Bedeutung an diesem Namen nicht erkennt. In dem mächtigen barocken Gebäude in Berlin-Schöneberg sind in 540 Kammern – nein, Büros –, 115 Richter, 22 Wachtmeister und rund 450 Sachbearbeiter, Rechtspfleger und Bürokräfte tätig. Und das Kammergericht ist höchste Instanz des Landes Berlin in Zivil- und Strafsachen. Seine Rechtsentscheidungen sind verbindlich. Wenn hier in Strafsachen als Revisionsgericht entschieden wird, kann die Entscheidung nicht mehr angefochten werden.

Eine besondere Einrichtung des Kammergerichts ist der Nachtbriefkasten. Er ist gut sichtbar am zur Elßholzstraße gelegenen Gebäudeeingang angebracht. Es ist Punkt 0.00 Uhr. Die Klappe fällt. Ein starker Magnet schließt die untere Kammer des Kastens. „Was später kommt, hat keine Chance“, erklärt der zuständige Justizhauptwachmeister. „Hier müssen Fristen gewahrt werden, und so ist sichergestellt, dass alles bis zum Stichtag eingegangen ist.“ Und jede Nacht sammeln sich bis zu zwei Postkisten voll an.

Hierbei gehen meine Gedanken zu einem anderen Gericht und zu bestimmten Fristen. Gott sagt in seinem heiligen Wort: „Es ist den Menschen gesetzt, einmal zu sterben, danach aber das Gericht“ (Hebräer 9,27). Und Gottes Gericht ist die höchste Instanz überhaupt. Von Gott wird alles aufgedeckt: Jede böse Tat, jeder sündige Gedanke und auch alle Unterlassungssünden eines ganzen Lebens. Und die vielen egoistischen Beweggründe werden aufgedeckt. Absolut gerecht, nichts wird vergessen, Sünden über Sünden. Alle wurden genau registriert. Jeder wird vorgeladen. Denn kein Mensch ist ohne Sünde, nicht ein einziger. Und keiner kann sich rechtfertigen. „Wie könnte ein Mensch gerecht sein vor Gott? Wenn er Lust hat, mit ihm zu streiten, so kann er ihm auf tausend nicht eins antworten“ (Hiob 9,2-3). Und Gottes gerechtes Urteil über den Sünder bedeutet die Hölle, ewige Verdammnis. Das ist überaus ernst.

Gibt es denn keinen Ausweg, keine Rettung, einem solchen Gericht zu entfliehen? Gott sei Dank gesagt: Rettung ist möglich. Er selbst hat dafür vorgesorgt, „da er nicht will, dass irgendwelche verloren gehen, sondern dass alle zur Buße kommen“ (2. Petrus 3,9). Bis zum heutigen Tag wird seine gute Botschaft verkündigt, nämlich: „So sehr hat Gott die Welt geliebt, dass er seinen eingeborenen Sohn gab, damit jeder, der an ihn glaubt, nicht verloren gehe, sondern ewiges Leben habe“ (Johannes 3,16). Seine Sünden dem großen und heiligen Gott bekennen, bewusste Umkehr und der Glaube an den Herrn Jesus Christus, den gekreuzigten und auferstandenen Sohn Gottes, das sind die Schritte, die zur Rettung nötig sind.

Und was ist dann mit dem Gericht? Die Antwort darauf gibt die Bibel: „Wahrlich, wahrlich, ich sage euch: Wer mein Wort hört und dem glaubt, der mich gesandt hat, hat ewiges Leben und kommt *nicht* ins Gericht, sondern ist aus dem Tod in das Leben übergegangen“ (Johannes 5,24). Welch eine große Gnade für jeden, der Buße tut und sich bekehrt!

Doch auch hier ist eine Frist einzuhalten. Welche denn? Hier steht es: „Siehe, jetzt ist die wohlangenehme Zeit, siehe, *jetzt* ist der Tag des Heils“ (2. Korinther 6,2). „*Heute*, wenn ihr seine Stimme hört, verhärtet eure Herzen nicht!“ (Hebräer 4,7). Denn: „... nur ein Schritt ist zwischen mir und dem Tod!“ (1. Samuel 20,3).

Das Wunder von Chile

Nach Gold und Kupfer schürfen sie. In 688 Metern Tiefe. Dann stürzt ihr Stollen mit Urgewalt ein, und für die 33 Bergarbeiter ist jeder Ausweg versperrt. Seit an jenem 5. August 2010 das Grubenunglück passiert ist, campieren die Angehörigen der Verschütteten im Lager „Esperanza“ nahe der Unglücksmine San José. Hier in Chiles Atacama-Wüste ist man weit weg von Chiles Zentren. Santiago de Chile, die Hauptstadt des Landes, ist immerhin 800 km entfernt.

Doch auf unserem vernetzten Globus richtet sich die Aufmerksamkeit der ganzen Welt plötzlich auf diesen einsamen Ort. Immer wieder scheitern die fieberhaft arbeitenden Rettungsmannschaften, zu den Vermissten Kontakt herzustellen. Trotz modernster Geräte. Dann stellt sich ihnen ein riesiger, schätzungsweise 700 000 Tonnen schwerer Felsbrocken in den Weg. Und viele erleben es mit, wie im „Lager der Hoffnung“ für lange siebzehn Tage, angstvolle 17 mal 24 Stunden, erschütternde Verzweiflung und Trauer herrschen.

22. August: der Hoffnungsstrahl! – Rettungskräfte können mit einem kleinen Spezialbohrer zu den Eingeschlossenen vordringen. Kurz darauf bricht oben ein Jubel der Erleichterung aus, als Staatspräsident Sebastián Piñera einen in Folie verpack-

ten Zettel schwenkt, auf den die Männer in roter Schrift ein paar Worte gekritzelt haben: „Uns geht es gut – die 33". Auf einem weiteren Papierstück, das durch den 8 cm schmalen Bohrschacht nach oben gezogen wird, schreibt Mario Gómez, der Älteste der Verschütteten: „Gott ist groß, und mit seiner Hilfe werden wir es schaffen, aus dieser Mine lebend herauszukommen, auch wenn wir Monate warten müssen."

Und es sieht ganz danach aus, dass noch eine lange, schwere Zeit vor ihnen liegt, tief unten bei 36 Grad Hitze. Auch die wenigen Vorräte an Milch und Thunfisch sind aufgebraucht. Chiles Staatspräsident sagt bei einem Dankgebet in Santiago, die Rettungsaktion könne bis Weihnachten dauern.

Aber bald geht es Schlag auf Schlag. Telefonkontakt kommt zustande. Wasser und Nahrungsmittel gelangen nach unten, und erste Videoaufnahmen zeigen die verschwitzten, bärtigen Gesichter. Am 31. August beginnt die mehrfach verschobene Bohrung eines Rettungsschachts mit dem deutschen Spezialbohrer Strata 950. Eine zweite Bohrung startet am 5. und eine dritte am 19. September. Es bleibt unklar, welches der drei Bohrgeräte als Erstes mit einem Rettungsschacht fertig sein wird. Inzwischen wird einer der Eingeschlossenen Vater. Seine Tochter bekommt den Namen Esperanza (Hoffnung). Und es gibt viel Grund zur

Hoffnung. Die Bohrungen gelingen besser und schneller als vermutet, sodass der Präsident am 4. Oktober verkündet, dass die Rettung schon in Kürze erfolgen kann.

Die Spannung steigt mit jedem Tag. Hunderte Journalisten aus aller Welt versammeln sich um den Rettungsschacht. Und unzählige Filmkameras werden die Ankunft der geretteten Bergleute in jeden Winkel der Erde übertragen. Die Verschütteten haben 69 Tage lang dort unten ausgeharrt, bis endlich in der Nacht vom 12. zum 13. Oktober die Rettungskapsel Phoenix heruntergelassen wird. Manuel Gonzáles, Elitesoldat der Marine, wird mit der Kapsel „heruntertauchen" und jeden einzelnen Kumpel einweisen und auf den ca. 16 Minuten dauernden Aufstieg vorbereiten. Er wird erst wieder zurückkehren, wenn der Letzte die Erdoberfläche erreicht hat. Und auf dem Marktplatz der benachbarten Kleinstadt Copiapó fiebern die Menschen vor einer Großbildleinwand mit.

13. Oktober, 0.10 Uhr: Die Rettungskapsel Phoenix wird geöffnet, und Florencio Ávalos, der 31 Jahre alte Vorarbeiter ist in Freiheit. Bewegende Szenen. Freudentränen und Jubel. Während sich hinter ihm die Tür der Krankenstation schließt, ruft sein Vater überwältigt aus: „Das ist ein Wunder Gottes! Jetzt gelten unsere Gebete

seinen 32 Kameraden, die noch unten sind!“ Jeder befreite Kumpel reagiert anders. Mario Sepúlveda umarmt seine Frau und übergibt dem überraschten Präsidenten Gesteinsstücke aus der Tiefe. Dann folgt sein Bekenntnis: „Ich war bei Gott, ich war bei dem Teufel. Sie kämpften um mich. Gott hat gewonnen!“ Dann bittet er darum, nicht „wie ein Künstler gefeiert zu werden. Ich will, dass Sie mich wie den behandeln, der ich bin – ein Bergarbeiter.“

Aber kaum einer erreicht an diesem Tag die Herzen so wie Mario Gómez. Die Zeitung „Die Welt“ beginnt ihren Aufmacher mit den Worten: „Mario Gómez sinkt auf die Knie, betet und dankt Gott. Er ist der Älteste der Eingeschlossenen ... Der 63-Jährige gilt auch als Mentor. Seine besonnene Art und seine Erfahrung als Bergmann trugen viel zur Moral der Kumpel bei. Seit seinem zwölften Lebensjahr arbeitet er als Bergmann. Jetzt – 51 Jahre später – bringt Mario Gómez mit seinem Gebet das ganze ‚Camp der Hoffnung‘ zum Schweigen. Es sind Sekunden voller Demut, Dankbarkeit und Ehrfurcht.“

Und auf der Basis einer dpa-Meldung schreiben die Online-Ausgaben der „Süddeutschen“ und der „Frankfurter Allgemeinen Zeitung“ gleichlautend: „Viele Kumpel dankten Gott für ihre Rettung und trugen T-Shirts mit den Worten: ‚Gracias

Señor, thank you Lord (Danke, Herr)‘. Dann folgte ein Auszug aus Psalm 95 der Bibel: ‚In seiner Hand sind die Tiefen der Erde, sein sind die Gipfel der Berge‘ und zum Schluss: ‚Ihm gebühren Ehre und Ruhm.‘“

In ganz Chile läuten die Kirchenglocken. Immer wieder erklingt die Nationalhymne. Und die ganze Welt hört und sieht staunend zu.

Der große Gott hat durch dieses Ereignis ein Zeichen gesetzt. Auch für uns. Ein Gleichnis, das jeder versteht. Durch die Sünde war jeder Mensch in der Tiefe und Dunkelheit völlig verloren. Ausnahmslos abgeschnitten und ohne Hoffnung – Gott und dem Himmel unendlich fern. „Denn es ist kein Unterschied, denn alle haben gesündigt und erreichen nicht die Herrlichkeit Gottes …“ (Römer 3,22.23).

Aber der gnädige Gott hat in seiner Liebe die Initiative ergriffen: Er hat „den Schacht gebaut“ und den Rettungsweg ermöglicht. „Was soll ich tun? Ich will meinen geliebten Sohn senden …“ (Lukas 20,13). So hören wir Ihn ausrufen, und Jesus Christus, sein geliebter Sohn, ist die Antwort. Jesus, der absolut Sündlose, litt und starb am Kreuz für meine Sünden, damit ich frei ausgehen kann. Das glaube und bekenne ich mit aller Gewissheit. Er, er allein ist die „Rettungskapsel“, eine andere Möglichkeit gibt es nicht. Wer dem heiligen Gott im Gebet seine Sünden bekennt und an den Herrn Jesus glaubt, für den ist der Weg nach oben frei. Deswegen geht der oben zitierte Vers aus Römer 3 so weiter: „… und werden umsonst gerechtfertigt durch seine Gnade, durch die Erlösung, die in Christus Jesus ist" (Römer 3,24).

Jeder soll es wissen: Gott hat alles getan, um uns herauszuholen. Wir müssen vertrauen und ihn beim Wort nehmen. Und welche Freude und Ergriffenheit oben im Himmel herrscht, wenn ein Mensch sich dieser himmlischen „Rettungskapsel" anvertraut und aus der Finsternis in das Licht gebracht wird, umschreibt der Herr Jesus so: „Ebenso, sage ich euch, ist Freude vor den Engeln Gottes über einen Sünder, der Buße tut" (Lukas 15,10).

Leben nach der Geburt

In einem Mutterschoß sind Zwillinge empfangen worden. Die Wochen vergehen, und die Knaben wachsen heran. Auch ihr Bewusstsein wächst, und mit dem wachsenden Leben steigt auch ihre Freude. Ihr folgendes Gespräch ist die geänderte Fassung eines Textes von Henry Nouwen: „Sag, ist es nicht großartig, dass wir empfangen wurden? Ist es nicht wunderbar, dass wir leben?"

Und sie beginnen ihre kleine Welt zu entdecken. Da finden sie die Schnur, die sie mit ihrer Mutter verbindet und die ihnen Nahrung gibt. Und sie singen vor Freude: „Wie groß muss die Liebe unserer Mutter sein, dass sie ihr eigenes Leben mit uns teilt."

Die Wochen vergehen und werden schließlich zu Monaten. Und je länger desto mehr merken sie, wie sie selbst sich verändert haben.

„Was soll das nur bedeuten?" fragt der eine. „Das heißt", sagt der andere, „dass unser Aufenthalt in dieser Welt seinem Ende zugeht."

„Aber ich will gar nicht gehen", erwidert der eine, „Ich möchte für immer hier bleiben."

„Wir haben keine andere Wahl, du spürst es selbst", entgegnet der andere, „aber vielleicht gibt es ein Leben nach der Geburt."

„Wie soll dass denn möglich sein?" fragt zweifelnd der Erste. „Wir werden unsere Lebensschnur verlieren, und wie werden wir ohne sie leben können? Und außerdem haben andere vor uns diesen Schoß hier verlassen, und niemand von ihnen ist zurückgekommen und hat uns gesagt, dass es ein Leben nach der Geburt gibt. Nein, Schluss und aus, die Geburt ist das Ende."

So fällt der eine von den beiden in eine schwere Depression und sagt voll Traurigkeit: „Wenn die Empfängnis mit der Geburt endet, welchen Sinn hat dann das Leben in diesem Schoß? Es ist mit einem Wort gesagt sinnlos. Vielleicht gibt es gar keine Mutter hinter all dem."

„Aber sie muss doch existieren", protestiert der andere, „wie sollten wir sonst hierher gekommen sein? Und wie könnten wir am Leben bleiben?"

„Hast du unsere Mutter je gesehen?" fragt der eine. „Sie lebt womöglich nur in unserer Vorstellung. Wir haben sie uns selbst erdacht, damit wir unser Leben besser verstehen können." Und so sind die letzten Tage im Schoß der Mutter voll von Fragen und großen Ängsten.

Und dann kommt der Moment der Geburt. – Als die Zwillinge ihre Welt verlassen haben, öffnen sie die Augen und beginnen zu schreien: Was sie sehen, übertrifft ihre kühnsten Träume! –

Kommt uns der Dialog der Zwillinge nicht sehr bekannt vor? Die Diskussionen sind ja so ähnlich. Nur, dass es nicht um das Leben nach der Geburt, sondern um das Leben nach dem Leben, – nach dem Tod geht. Aber hier kann keiner sagen: „Es ist noch niemand zurückgekommen!“ Jesus Christus, Gottes Sohn, ist nach vollbrachtem Erlösungswerk leibhaftig zurückgekommen, denn er ist wahrhaftig auferstanden! Eins der am besten bezeugten Ereignisse der Weltgeschichte lautet: **Jesus lebt!**

Und Jesus Christus hat es sehr deutlich gesagt: „Wundert euch darüber nicht, denn es kommt die Stunde, in der *alle,* die in den Gräbern sind, seine Stimme hören und hervorkommen werden: die das Gute getan haben, zur Auferstehung des Lebens, die aber das Böse verübt haben, zur Auferstehung des Gerichts“ (Johannes-Evangelium Kapitel 5, Verse 28-29).

Schauen wir genau hin. Christus sagt: „*das* Gute getan haben“ und nicht „Gutes getan haben“, denn er lehrt keine Rechtfertigung aus Werken. Nur *ein* „Werk“ ist heilsentscheidend und „*das* Gute“ in Gottes Augen. – Einst wurde Jesus Christus gefragt: „Was sollen wir tun, um die Werke Gottes zu wirken? Jesus antwortete und sprach zu ihnen: Dies ist das Werk Gottes, dass ihr an den glaubt, den er gesandt hat“ (Johannes-Evangelium Kapitel 6,28-29).

Höher als der Mond

So lautet der Titel eines Buches, das von dem amerikanischen Astronauten James Irwin (1930–1991) stammt. Darin beschreibt er die Erlebnisse seiner Landung auf dem Mond und seine Hinwendung zu dem großen Schöpfer-Gott und dem Evangelium von Jesus Christus.

Zum Hintergrund: Mitten im sogenannten Kalten Krieg zwischen Ost und West kommt es zu einem dramatischen Wettlauf in der Raumfahrt. Die Sowjetunion und die USA entwickeln immer größere Raketen mit enormer Reichweite. Dann der erste Schock: Im Oktober 1957 schaffen es die Sowjets, ihren Sputnik, den ersten unbemannten Satelliten, ins All zu schießen. Und noch bevor die Amerikaner gleichziehen können, bellt nur Wochen später die Hündin Laika von Bord des Sputnik 2. Doch wem wird eine bemannte Erdumrundung oder gar eine Mondlandung als Erstem gelingen?

Wenige Jahre später am 12. April 1961 geschieht das Unerwartete. Eine Riesen-Sensation! Der sowjetische Major Juri Gagarin umrundet mit dem Raumschiff Wostok 1 als erster Mensch die Erde. In seinem 108-Minuten-Flug umkreist er in einer elliptischen Bahn im Abstand von 175 bis 327 km unseren Planeten. Auf die Erde zurückgekehrt, wird er bestürmt. Wie es denn gewesen sei, fragt man ihn. „Im Weltraum ist es finster, Genossen." Und dann die angebliche Frage, ob er Gott gesehen habe und seine ebenso unverbürgte Antwort: „Nein, Gott habe ich nicht gefunden," eine Antwort, die in das atheistische Weltbild des Kommunismus passen würde.

Die Sowjetunion hat jedenfalls ihren Helden. Gagarin wird euphorisch gefeiert. „Der Kapitän des ersten Sternenflugs ist einer von uns, ein Sowjetbürger!", schreibt die Jugendzeitung der Prawda. Und in einem Schreiben des Zentralkomitees der Kommunistischen Partei heißt es: „Vorwärts zu neuen Siegen für Frieden, Fortschritt und Glück der Menschheit!" Juri Gagarin wird mit vielen Orden überhäuft und gilt wie kein anderer in dieser Zeit als Symbol für die Überlegenheit des Kommunismus über die westliche Welt.

Am 27. März 1968 dann große Trauer. Nach einem simplen Übungsflug mit seiner MIG-15 kommt Gagarin beim Absturz ums Leben. Die Unglücksursache bleibt bis heute Staatsgeheimnis.

Um den am 12. April 1961 verlorenen Wettlauf mit der Sowjetunion auszuwetzen, verkündet Präsident John F. Kennedy bereits am 25. Mai desselben Jahres sehr selbstbewusst: „Noch vor Ende des Jahrzehnts werden die Vereinigten Staaten von Amerika einen Menschen auf den Mond und sicher wieder zurückbringen."

Und er soll Recht behalten. Die NASA treibt ihr Raumfahrtprogramm Apollo mit großem Schwung voran. Am 16. Juli 1969 startet eine mächtige Saturn-Rakete von Cape Caneveral in Florida Richtung Mond. An Bord der Raumkapsel sind die drei Astronauten Armstrong, Collins und Aldrin. Am 20. Juli um 21:17 Uhr (MEZ) landet die von der Kommandoeinheit abgekoppelte Mondlandeeinheit auf dem Mond. Und am 21. Juli um 3:56 Uhr (MEZ) betritt Neil Armstrong als erster Mensch den Mond mit den bekannten Worten:

> „That's one small step for a man, one giant leap for mankind."
> (Dies ist ein kleiner Schritt für einen Mann, aber ein riesiger Sprung für die Menschheit).

Und mit dabei sind schätzungsweise 500 Millionen Fernsehzuschauer und sehen zu, wie Armstrong und Aldrin auf dem Erdtrabanten das Sternenbanner hissen, dies übrigens nicht als Zeichen der Eroberung, sondern einzig als Symbol des Stolzes.

Auf der Rückkehr zur Erde zitiert Edwin Aldrin aus Psalm 8 die Verse 4 und 5:

„Wenn ich anschaue deinen Himmel,
deiner Finger Werk,
den Mond und die Sterne,
die du bereitet hast:
Was ist der Mensch,
dass du seiner gedenkst,
und des Menschen Sohn,
dass du auf ihn Acht hast?"

Am 24. Juli kehrt die Mannschaft von Apollo 11 wohlbehalten zur Erde zurück, und ganz Amerika feiert seine Helden.

Es folgen noch fünf weitere erfolgreiche Mondlandungen, die vorerst letzte im Dezember 1972. Und von besonderem Interesse ist die Landung von Apollo 15 mit den Astronauten David Scott und James Irwin, denn hierbei wird erstmalig ein Mondauto mitgeführt. Das 8 Millionen Dollar teure Fahrzeug wird von Irwin gesteuert. Der Fortschritt wird deutlich, wenn man die auf dem Mond zurückgelegten Entfernungen vergleicht: Sind es bei Armstrong und Aldrin gerade einmal 250 Meter, sind es jetzt 27,9 Kilometer. So können bedeutend mehr Forschungsarbeiten durchgeführt werden.

Und der Astronaut Irwin ist es auch, der von seinem Mondflug tief beeindruckt zur Erde zurückkehrt. Vorher hat schon die Besatzung von Apollo 8 ihre Empfindungen per live Fernsehübertragung zur Erde gesandt. Bei einem Erkundungsflug rund um den Mond am 24. Dezember 1968 meldet sich der Kommandant William Anders zur besten Sendezeit mit den folgenden Worten: „Wir sehen jetzt den Sonnenaufgang für den Mond, und die Mannschaft von Apollo 8 möchte allen Menschen unten auf der Erde eine Botschaft übermitteln: ‚Im Anfang schuf Gott die Himmel und die Erde …'", und dann fahren die beiden anderen Astronauten Jim Lovell und Frank Borman fort, den Schöpfungsbericht der Bibel abwechselnd vorzulesen. Und sie schließen mit den Worten: „Und die Mannschaft von Apollo 8 wünscht euch auf der schönen Erde eine gute Nacht, viel Glück, frohe Weihnachten und allen Gottes Segen!"

Die nun folgenden Aussagen stammen alle von James Irwin, den ich selbst zweimal bei seinen evangelistischen Ansprachen erlebt habe, und die in seinem erwähnten Buch „Höher als der Mond" zu lesen sind:

„Wir konnten immer wieder erleben, wie Astronauten durch die Weltraumflüge näher zu Gott kamen. Wie gebannt hörte die Erde zu (als die Besatzung von Apollo 8 den Schöpfungsbericht vorlas), wie sie an Gottes Güte zu den Menschen auf dem blauen Planeten erinnert wurde. Die vom Weltraum aus aufgenommenen Bilder von der Erde haben sie uns neu lieben und schätzen gelehrt.

Ich habe geschildert, wie wir Apollo 15-Astronauten auf dem Mond landeten. Aber ich habe auch erfahren: Viel wichtiger als dass der Mensch zum Mond geflogen ist, ist, dass Gott in Jesus Christus auf die Erde kam. – Manchmal werde ich gefragt, ob es nur auf der Erde oder auch anderswo Leben gibt. Aber die Frage ist gar nicht so wichtig. Viel brennender ist nämlich die Frage: Hast du Leben, nämlich wirkliches, göttliches Leben? Habe ich Verbindung zu Gott und seinen Segnungen? Gott will uns ewiges Leben schenken. Ich habe erfahren, dass Gott dieses Leben in Jesus Christus gibt.

In der Bibel ruft Gott uns so zur Entscheidung: ‚Siehe, ich stehe an der Tür und klopfe an; wenn jemand meine Stimme hört und die Tür öffnet, zu dem werde ich hineingehen und das Abendbrot mit ihm essen, und er mit mir' (Offenbarung 3,20). Und er verspricht uns: ‚Ich bin das Licht der Welt; wer mir nachfolgt, wird nicht in der Finsternis wandeln, sondern wird das Licht des Lebens haben' (Johannes 8,12). Du brauchst nur deine Sünden, deine innere Dunkelheit und deine Hilflosigkeit einzugestehen, dein Leben für Gottes Vergebung zu öffnen und Jesus Christus als deinen Herrn und Retter anzunehmen. Das ist der erste Schritt zu einem neuen Leben – einem Leben mit Gottes Kraft."

Und der Astronaut James Irwin fährt fort: „Es ist falsch zu behaupten, ein Wissenschaftler könne kein Christ sein. Es gibt keinen wirklichen Widerspruch zwischen der Erforschung der Naturgesetze, die Gott gegeben hat, und der persönlichen Beziehung des Menschen zu seinem Schöpfer. Es ist auch kurzsichtig zu behaupten, man müsse erst einmal all die Ungerechtigkeit und den Hunger in der Welt beseitigen, bevor man von Gott rede und Mission betreibe. Vielmehr ist all unser Bemühen um die Strukturen in dieser Welt zum Scheitern verurteilt, wenn nicht vorher unser Herz, unser Innerstes, durch Gott in Ordnung gebracht worden ist.

Wenn du einem Menschen zu essen gibst, hast du ihn für einen Tag versorgt. Wenn du ihm Unterricht in Ackerbau gibst, hast du ihn für sein irdisches Leben versorgt. Wenn du ihn zu Jesus Christus führst, hast du ihn für die Ewigkeit versorgt."

Vom Einzeller zu Einstein

„Kennst Du schon die Logik der Mausefalle?"

„Logik der Mausefalle? Was ist das denn für ein Unsinn?"

„Moment mal, nicht so vorschnell. ‚Logik' ist die Lehre von den Formen und Gesetzen des richtigen Denkens."

„Ja, und?"

„Und folgerichtiges Denken kann doch wohl kein Unsinn sein."

„Das schon. Aber die Mausefalle?"

„Eine Mausefalle ist auch kein Unsinn, sondern sehr nützlich."

„Das leuchtet ein."

„Prima. Dann will ich dir jetzt erklären, was es mit der ‚Logik der Mausefalle' auf sich hat. Diese Idee stammt übrigens von dem amerikanischen Mikro-biologen Michael Behe, der in seinem Büro zur Veranschaulichung stets eine Mausefalle stehen hat."

„Schieß los, ich bin gespannt."

„Also stelle dir eine Mausefalle vor. Sie ist ein ganz einfacher Gegenstand oder sagen wir ruhig Apparat. Er besteht aus wenigen Bestandteilen, die aus Holz und sehr festen Metalldrähten bestehen. Die einzelnen Teile sind: die Bodenplatte (1) und die bewegliche Köderklappe (2). Ferner: die Feder (3), der Schlagbügel (4) und der Sicherungsbügel (5). Und natürlich gehört in die Köderklappe noch der Köder; denn ‚mit Speck fängt man …' du weißt schon. Aber der Köder gehört nicht zur Hardware der Mausefalle. Es sind also 5 zwingend notwendige Bestandteile, aus denen eine funktionierende Mausefalle besteht. Fehlt ein Baustein, dann bricht das ‚System Mausefalle' zusammen. Einfach, aber genial durchdacht."

„Das seh' ich ein, aber was soll das alles?"

„Noch ein wenig Geduld, und vor allem: das Gehirn eingeschaltet lassen!"

„Ich geb' mir Mühe..."

„Dann machen wir weiter: Die Mausefalle ist ein einfaches Beispiel für nichtreduzierbare Komplexität. Das hört sich schwierig an, ist es aber gar nicht. Von Komplexität spricht man, wenn irgendetwas zusammengesetzt ist, d.h. also vielfältig ist und doch einheitlich zusammengehört. Und diese Komplexität der 5 unverzichtbaren Teile unserer Mausefalle lässt sich nicht reduzieren, d.h. mindern oder verkleinern. Bei nur 4 Bauteilen ist sie eben keine Mausefalle mehr. – Alles kapiert bis hierher?"

„Ja, schon. Und wie geht es weiter?"

„Sofort: Du hast bestimmt schon von dem neuen Super-Jumbo Airbus A380 gehört."

„Genau! Damit gab es doch so große Schwierigkeiten."

„Das kann man wohl sagen. Und wie. Musste doch eine A380 der australischen Fluggesellschaft Quantas kurz nach dem Start in Singapur wegen eines Triebwerkschadens zurückkehren und notlanden. Die 469 Menschen an Bord entgingen nur knapp einer tödlichen Katastrophe. Das war ein gewaltiger Rückschritt für das zurzeit größte und modernste Flugzeug der Welt, das in seinen zwei Stockwerken bis zu maximal 853 Passagiere befördern kann. Und die Ursache dieser Beinahe-Katastrophe war ein fehlerhafter Turbinenmotor. Anders ausgedrückt: Das Zusammenspiel (die Komplexität) der unverzichtbaren Teile des Riesenjets war vermindert (reduziert) – und der Gigant wäre um ein Haar zerschellt und ausgebrannt."

„Und was hat die Mausefalle mit dem A380 zu tun?"

„Gute Frage. Beide zeigen, dass ein hundertprozentig klappendes Zusammenspiel notwendig ist, damit der Apparat funktionieren kann. Einerlei, ob Mausefalle oder Jumbojet. Und so zeigt jeder ordnungsgemäß arbeitende Apparat, dass ein großartiger Plan zugrunde liegt. Und es gibt nun einmal keinen Plan ohne einen Planer, einen Konstrukteur."

„Das sehe ich ein."

„Und das gilt nicht nur für vom menschlichen Geist entworfene Dinge, sondern auch für die uns umgebende Schöpfung. Und damit sind wir bei einem Thema, das sehr wichtig für uns ist. Alles, was unsere Augen wahrnehmen können: die Majestät des Sternenhimmels, die Schönheit der Berge und der Meere, die Vielfalt der Pflanzen und der Tiere, die Einzigartigkeit des Menschen sind der Beweis für die Schöpfermacht Gottes: ‚Denn das Unsichtbare von ihm wird geschaut, sowohl seine ewige Kraft als auch seine Göttlichkeit, werden von der Erschaffung der Welt an in dem Gemachten wahrgenommen –, damit sie ohne Entschuldigung seien ...‘ (Römer 1,20). So treffend drückt es die Bibel aus.“

„Da muss man schon blind sein, wenn man das nicht sieht und Gott die Ehre verweigert.“

„So ist es. Und alles Geschaffene war fertig von Anfang an. Absolut komplett.“

„Die Lebewesen sind also auch komplexe Systeme?“

„Ganz klar! Natürlich sind sie nicht ohne Weiteres mit Mausefallen oder Jumbo-Jets zu vergleichen. Denn bei allem Lebendigen ist die Zusammensetzung der einzelnen Teile zu einem komplexen Ganzen viel, viel schwieriger. Ein lebendiger Organismus ist ja unendlich komplizierter als eine Maschine.“

„Kannst du das an einem Beispiel erläutern?“

„Gern.“

„Dann schieß mal los.“

„Denken wir einmal an ‚ganz einfache‘ Lebewesen: an Bakterien. Zum Beispiel an die Coli-Bakterie, wie sie zu Milliarden im Darm vorkommen. Professor Werner Gitt beschreibt sie so: ‚Jede einzelne Bakterie verfügt auf unvorstellbar kleinem Raum über sechs mit Protonen betriebene Elektromotoren, die sie vorwärts und rückwärts laufen lassen können. Ferner hat jede Bakterie ein eigenes Kraftwerk zur Stromerzeugung, ein Computersystem und eine Anzahl von chemischen Fabriken. Eine atemberaubende Konstruktion im Mikrobereich!‘ Das Biomolekül, das den Bauplan aller Lebewesen enthält, nennt man die DNS oder DNA. Der Bauplan der Coli-Bakterie hat 4.650.000 wichtige chemische Bausteine (Basenpaare)."

„Das ist ja kaum vorstellbar. Da wird einem ja schwindlig."

„Und es kommt noch besser: Wenn bei einer Bakterie die Zahl der Basenpaare kleiner wäre, so würde diese Bakterie nicht mehr funktionieren, keine Nachkommen erzeugen oder früh zugrunde gehen, denn – du erinnerst dich – die notwendige Komplexität lässt sich nicht reduzieren.

„Die Mausefalle geht nicht mehr."

„Genau! Und der Airbus 380 stürzt ab."

„Aber es geht bestimmt noch weiter."

„Und ob! Der Mensch ist ein wunderbar zusammengesetztes lebendiges ‚System'. Und alle Organe sind hervorragend vernetzt: Gehirn, Augen, Ohren, Herz, Lunge, Niere, Leber und viele andere. Von ihrer Funktionsfähigkeit hängt das Leben ab. Auf der DNA des Menschen haben ca. 3,27 Milliarden Bausteine Platz. Was das bedeutet, kann man sich besser vorstellen, wenn man die Fülle dieser Informationen in gedruckter Form vor sich sehen würde: Sie würden rund 1000 Bücher im Textumfang der Bibel umfassen!"

„Kaum vorstellbar!"

„Und alles ist vollkommen geplant. Unfertige oder halbfertige Organe sind nutzlos. Denn Lebewesen können ja während der von anderen behaupteten Entwicklungsphasen nicht wie ein Unternehmer den Betrieb wegen Umbau vorübergehend schließen. Deshalb gibt es nur eine logische Erklärung: Alles war absolut fertig von Anfang an!"

„Das müsste jedem einleuchten. Und genau so steht es in Gottes Wort."

„Ja, sogar auf der ersten Seite der Bibel im ersten Vers: ‚Im Anfang schuf Gott die Himmel und die Erde'(1. Mose 1,1). Und dann folgt die Aufzählung der einzelnen Schöpfungsschritte. ‚... alles, was sich auf dem Erdboden regt, nach seiner Art' (1. Mose 1,25). Dieses ‚nach seiner Art' wird allein in diesem ersten Kapitel der Bibel siebenmal wiederholt. Mit anderen Worten: Die biologischen Grundtypen waren von Anbeginn fertig und funktionstüchtig als komplexe Systeme. Und das gilt auch für das erste Menschenpaar: ‚Und Gott schuf den Menschen in seinem Bild, im Bild Gottes schuf er ihn; Mann und Frau schuf er sie' (1. Mose 1,27). Und dann der Schlussvers des ersten Kapitels: ‚Und Gott sah alles, was er gemacht hatte, und siehe, es war sehr gut'(1. Mose 1,31). Da war nichts Unfertiges! Alles bekam die göttliche Note Eins!"

„Da wird heute etwas völlig anderes gelehrt."

„So nach dem Motto: Vom Einzeller zu Einstein."

„Das hört sich zwar humorvoll an, ist aber beschämend. Eben ein Erklärungsversuch, der meint, vernünftig zu sein, aber die Komplexität weder der Mausefalle geschweige eines Einstein erklären kann."

„Und vorher hat angeblich ‚der Urknall' stattgefunden und ist auf wundersame Weise das Leben entstanden."

„... in dem eben erwähnten Einzeller."

„Das erinnert mich an das ‚Ursuppenexperiment' des amerikanischen Mikrobiologen Stanley Miller, das er 1953 durchführte. In jedem Biologiebuch kann man es nachlesen. Doch 40 Jahre danach soll er zugegeben haben, dass alle Hypothesen über die Entstehung des Lebens nichts anderes als ‚chemische Kopfgeburten und Unsinn' sind."

„Dabei hatte schon Louis Pasteur erkannt: Leben kann nur von Leben kommen."

„Wie Recht er hat!"

„Ja, man braucht bei der Frage nach dem Ursprung keineswegs seinen Verstand abzugeben, man muss vielmehr seinen Widerstand gegen Gott und sein Wort aufgeben."

„Genau das ist der Punkt!"

„Da fällt mir noch ein Zitat des niederländischen Physikers und Nobelpreisträgers 't Hooft ein: Er wirft seinen Kollegen vor, ‚uns einen Stuhl zu geben, dem die Stuhlbeine fehlen und dessen Sitz und Lehne nachgeliefert werden. Seltsamerweise nehmen wir auf diesem Stuhl Platz und klatschen Beifall.'"

„Auf diesen Stuhl verzichte ich gern."

„… und auf den Beifall auch."
„… und halte mich daran, was Gottes Wort sagt. ‚Indem sie sich für Weise ausgaben, sind sie zu Toren geworden' (Römer 1,22). Denn: ‚Durch ihn sind *alle* Dinge geschaffen worden, die in den Himmeln und die auf der Erde, die sichtbaren und die unsichtbaren.' (Kolosser 1,16). Er ist der Schöpfer und Erhalter des Universums, aller Lebewesen und der Menschen. Ihm gebührt die Ehre!"

Du großer Gott,
wenn ich die Welt betrachte,
die Du geschaffen durch Dein Allmachtswort,
wenn ich auf alle jene Wesen achte,
die Du regierst und nährest fort und fort:
/:Dann jauchzt mein Herz Dir großer Herrscher zu,
wie groß bist Du! Wie groß bist DU!:/

Unbezahlbar

Kuba hat eine wechselvolle Geschichte. Im Jahr 1492 entdeckt Kolumbus die Insel. Dann wird sie von den Spaniern erobert, die viele der einheimischen Indianer umbringen. Ein ununterbrochener Kampf um Geld und Macht beginnt. Und bis heute ist die fruchtbare und strategisch günstig gelegene Insel ein Spielball politischer Interessen. Erinnert sei an die „Kuba-Krise" im Oktober 1962, als es zur direkten Konfrontation zwischen den Weltmächten USA und Sowjetunion kam und die Welt so nah wie nie zuvor am Rand eines globalen Atomkriegs stand.

Doch blicken wir kurz zurück in die unruhige Geschichte der Insel: Sie war nicht nur ein Paradies für Schmuggler, Freibeuter und Sklavenhändler. Im Jahr 1762 erobern die Briten Havanna. Im Tausch gegen Florida wird Kuba ein Jahr darauf wieder spanisch. Es folgt ein Jahrhundert der Unruhen. Denn auch die Kreolen, die Nachkommen der Einwohner der Kolonialzeit, fordern die Autonomie der Insel, sodass Spanien schließlich eine Armee von 200 000 Soldaten nach Kuba entsendet. In dieser Zeit voller Spannungen explodiert am 15. Februar 1898 das große amerikanische Schiff „Maine" im Hafen von Havanna. Diesem Anschlag fallen nicht nur 260 Menschen zum Opfer, sondern er ist der Auslöser für die Kriegserklärung der USA an Spanien. Der Spanisch-Amerikanische Krieg beginnt.

Die amerikanischen Streitkräfte sind völlig unvorbereitet. Und nur wenige US-Regimenter werden zum Landeinsatz auf die Insel entsandt. Dort hat die im Jahr 1867 von Henri Dunant in Genf gegründete – und noch weithin unbekannte – Rotkreuzorganisation bereits eine Station.

Eines Tages kommt ein amerikanischer Oberst zu dieser Rotkreuzstelle und sagt zu der Rotkreuzschwester: „Ich brauche für meine Soldaten dringend Verband- und Arzneimittel. Kann ich das vom Roten Kreuz kaufen? Ich will alles aus eigener Tasche bezahlen!"

Der Bittsteller ist niemand anders als der spätere Präsident der Vereinigten Staaten Theodor Roosevelt (1858–1919). Da stößt der Rotkreuzarzt Dr. Gardener, der die Frage des Offiziers mitbekommen hat, zu den beiden und antwortet: „Nicht einmal für eine Million Dollar!" Der Oberst schaut ihn verdutzt an und sagt: „Aber meine Männer brauchen es dringend. Es sind brave Leute, auf die ich sehr stolz bin." „Das glauben wir Ihnen gern. Doch die Hilfe des Roten Kreuzes kann man nicht kaufen. Sie brauchen nur darum zu bitten, Herr Oberst, und Sie erhalten das Gewünschte."

Genauso verhält es sich mit dem Evangelium. Man kann das, was Seelenwunden verbindet und heilt, nicht verdienen und nicht kaufen. Der Zöllner, von dem Jesus Christus erzählt, ist ein gutes Beispiel, wie man es machen muss, um Sündenschuld loszuwerden. „Der Zöllner aber, von fern stehend, wollte nicht einmal die Augen zum Himmel erheben, sondern schlug sich an die Brust und sprach: O Gott, sei mir, dem Sünder, gnädig!" (Lukas 18,13). Ein kurzes, von Herzen kommendes Gebet – nur ganze sieben Worte! Und wie fährt der Herr beim Erzählen dieser Begebenheit fort? „Ich sage euch, dieser ging gerechtfertigt hinab in sein Haus ...“ (Vers 14).

Nicht Selbstgerechtigkeit und gute Werke, nicht Geld und Macht öffnen die Tür zum Heil. Jeder, der sich als verlorener Sünder erkennt, braucht den großen Gott nur um Vergebung und Rettung zu bitten: „Bittet, und es wird euch gegeben werden; sucht, und ihr werdet finden; klopft an, und es wird euch aufgetan werden.“ (Matthäus 7,7). „Und wen dürstet, der komme; wer will, nehme das Wasser des Lebens *umsonst*“ (Offenbarung 22,17).

Tag der offenen Tür

Türen sind spannend, Türen faszinieren. Wohin führen sie? Was verbergen sie? Geschlossene Türen sind enttäuschend, ja unheimlich. Sie verwehren den Zutritt, schützen vor unerwünschten Besuchern und neugierigen Blicken. Geöffnete Türen laden ein. Sie heißen willkommen und gleichen offenen Armen. Oft braucht es eine Berechtigung, um einzutreten, vielleicht sogar eine persönliche Einladung. Oder es ist ein „Tag der offenen Tür“ und alle sind eingeladen.

An einem solchen Tag darfst du zum Beispiel in einen Industriebetrieb, ein Labor oder in eine Fachschule gehen. Dort kannst du die Arbeiten an den Maschinen und Messgeräten kennenlernen oder den Unterrichtsablauf persönlich miterleben. Es lohnt sich immer, diese Gelegenheit zu nutzen. Man lernt nie aus.

Weißt du schon, dass es auch bei Gott einen „Tag der offenen Tür" gibt? – Du bist über diese Frage erstaunt? Nun, damit ist auch kein Tag gemeint, an dem nur für wenige Stunden die Tür für jeden geöffnet ist. Dieser Tag umfasst einen großen Zeitraum. Er währt schon so lange, seitdem Jesus Christus auf dieser Erde war. Und jetzt, wo er im Himmel weilt, ist dieser Tag immer noch nicht zu Ende. Doch sagt Gottes Wort, dass dieser Zeitabschnitt bald sein Ende haben wird. Dann wird die Tür verschlossen: die Tür, die zum ewigen Leben, zum Himmel führt.

Durch diese Tür gelangt man nicht automatisch. Auf einer Freizeit, in der das Wort Gottes und der Weg zum Leben unterrichtet wurden, packte einen jungen Mann die Wut. Und er fragte erbost: „Gibt es denn zwei Sorten von Christen?" Er packte seine Tasche und wollte abreisen. Unter vier Augen hat es ihm dann einer erklärt, und er hat es verstanden. Denn diese zwei Sorten von Christen gibt es in der Tat: bloße Namenschristen und echte Christen.

Ein wirklicher Christ hat durch wahre Umkehr und den Glauben an Jesus Christus als seinen Erretter und Herrn neues Leben bekommen und die Vergebung seiner Sünden erlangt. Ein bloßer Namenschrist weiß nichts davon. Das ändert nichts an seiner Verantwortung Gott gegenüber.

Doch wie geschieht dieser Wandel vom Unechten zum Echten, vom äußeren Schein zum wahren Sein? Die Antwort ist einfach: indem man Gottes „Tag der offenen Tür“ nutzt. Du hast es vielleicht schon oft gehört, dass Gott die Welt so geliebt hat, dass er seinen eingeborenen Sohn gab, damit jeder, der an ihn glaubt, nicht verloren gehe, sondern ewiges Leben habe (Johannes 3,16). Eine andere Tür, die zum ewigen Leben führt, gibt es nicht.

Höre einmal, was Jesus, der Herr, dir zu sagen hat: „Ich bin die Tür; wenn jemand durch mich eingeht, so wird er errettet werden und wird ein- und ausgehen und Weide finden“ (Johannes 10,9). Darf ich dir das einmal Punkt für Punkt klarmachen? Er sagt dir:

Ich bin dieTür

Die gute Botschaft des Evangeliums ist eine einfache Botschaft. Jedes Kind kann sie verstehen. Stell dir eine Tür vor, die offen ist. Weder Werke noch besondere Anstrengungen sind nötig – nur ein Schritt.

wenn jemand
Jemand? Du bist gemeint! Die Tür ist offen für jeden. Ohne Ausnahme.

durch mich
So wie man nur durch die Tür ins Haus eintritt, so wird man nur durch den Herrn Jesus Christus errettet, allein durch ihn.

eingeht
Das ist die einzige Bedingung. Man muss eintreten, nicht davor stehen bleiben.

wird er errettet werden
Wer eintritt, ist in Sicherheit. Er ist in Gottes Liebe geborgen.

und wird ein- und ausgehen
Welche eine Freiheit! Das Evangelium schenkt ungehinderten Zugang zu Gott. Die Knechtschaft der Sünde hat ein Ende.

und Weide finden
Dann hast du alles in Jesus Christus. Du erfährst die Fülle des Evangeliums und darfst bekennen: Du, Herr Jesus, machtest alles gut!

Die Tür ist offen. Willst du nicht heute noch den entscheidenden Schritt deines Lebens tun und zu Ihm kommen? Du hast seine Einladung bekommen, und er sagt auch dir: „... wer zu mir kommt, den werde ich nicht hinausstoßen“ (Johannes 6,37).

Datum

Ein Blick auf den Kalender, die Zeitung, die Armbanduhr genügt: Alle zeigen dir das Datum. Wenn ein Jahr zu Ende ist, haben wir 365-mal – und in einem Schaltjahr 366-mal – ein Datum gehabt.

Wir können vieles. Aber eins können wir nicht: Einen einzigen Tag zurückholen. Auch keine der 8760 Stunden und nicht einmal eine der 525600 Minuten oder der 31536000 Sekunden. Sie sind buchstäblich verflossen. Aber wohin? Manch einer möchte die Zeit zurückholen. Er würde gern alles anders oder ungeschehen machen, was vielleicht in nur einer Minute oder in Sekunden geschehen ist. Aber es ist völlig unmöglich. Selbst der reichste Mann der Welt kann es nicht, auch wenn er alles, was er besitzt, dafür hergeben würde.

Es ist wahr: Die uns anvertraute Zeit ist ein großartiges Kapital. In diesem Punkt sind wir alle ausnahmslos Multimillionäre. Und wenn wir auf die vergangene Zeit zurückblicken, wird uns die riesige Verantwortung, die damit zusammenhängt, mehr als deutlich.

Und was die Zukunft angeht, da sind wir unsicher. Völlig zu Recht. Denn ob uns morgen und übermorgen dies Kapital noch gehören wird, weiß keiner. „In deiner Hand sind meine Zeiten." So sagt David in Psalm 31, Vers 16. Die Zeit ist zwar ein gewaltiges Kapital. Ein Kapital mit hervorragenden Möglichkeiten. Aber es ist dir und mir vorgegeben, göttlich abgemessen. Denn wir können auch nicht nur einen einzigen Tag machen. Manch einer hat sich am Morgen gut gelaunt und voll Tatendrang auf den Weg gemacht und lag am Abend kalt und leblos auf der Bahre.

Das Wort „Datum" macht es ganz klar. Es hat seinen Ursprung in einem Ausdruck der alten Römer. Sie sagten „tempus datum est", zu Deutsch „die Zeit ist uns gegeben". Gott hat dir, der du das jetzt gerade liest, die Zeit, den jetzigen Augenblick, gegeben. Und er hat dir auch die Kraft und die Zeit gegeben, diese lebenswichtige Wahrheit zu erfassen – und vor allem zu beherzigen. Der heutige Tag ist dir anvertraut. Er ist eine Leihgabe Gottes an dich, nicht nur um zu leben, sondern um wahres Leben durch den Herrn Jesus zu empfangen.

Wie lange dir die Zeit dazu noch zur Verfügung steht, weißt du nicht. Deshalb betet der Psalmist zu Gott: „So lehre uns denn zählen unsere Tage, damit wir ein weises Herz erlangen!“ (Psalm 90,12). Wir zählen so vieles: unser Geld, unsere Urlaubstage, alles Mögliche. Wir haben oft so große Pläne. Aber Gott ruft uns auf den Boden der Tatsachen, auf das Datum, das Heute.

Der Herr Jesus ruft dir jetzt wie einst einem Zachäus zu: Beeile dich, „denn heute muss ich in deinem Haus bleiben“ (Lukas 19,5)! Und Zachäus nahm ihn auf und durfte bald darauf aus dem Mund des Sohnes Gottes hören: „Heute ist diesem Haus Heil widerfahren“ (Lukas 19,9). Darum lass den Herrn Jesus heute, an diesem dir gegebenen Tag, deinem „Datum“, nicht vorübergehen. Die Zeiger an Gottes Gnadenuhr stehen immer auf Heute, auf Jetzt.

Heute ist Gnadentag,
heute Gott spricht
jeden, der kommen mag,
frei vom Gericht.
Heute denn komme doch,
und von dem Sündenjoch
frei wirst du heute noch,
zögere nicht!

Guten Rutsch!

Nein und nochmals nein! Ich weigere mich, vom 31. Dezember zum 1. Januar zu „rutschen“. Rutschen ist unangenehm, ja gefährlich. Einerlei, ob mit dem Auto auf schneeglatter Fahrbahn oder in Pantoffeln zu Hause. Auch nicht auf dem dafür geeigneten Körperteil bei Glatteis vor der Haustür.

Wo ich auch rutsche, es kann schlimm ausgehen. Ich kann vor einen Baum prallen oder im Graben landen. Ich brauche nicht auf dem Gesäß zu landen, sondern kann mit Kopf oder Rückgrat auf die Treppe aufschlagen. Denn Rutschen ist den lenkenden Kräften meines Verstandes, meiner Nerven und Muskeln weitgehend entzogen. Eine andere Gewalt setzt mich in Bewegung, dahin, wohin ich nicht will. Kurz, Rutschen nimmt mir meinen festen Stand. Außerdem, wer rutscht, ist meistens purer Lächerlichkeit preisgegeben.

Rutschen, wenn es mit Absicht geschieht, auf der Eisbahn oder im hell stäubenden Schnee, wird in unserer Sprache ja auch nicht als rutschen, sondern als laufen, rodeln, gleiten bezeichnet. Der Vergleich dieser Worte zeigt allein vom Klang her eine gewisse Plumpheit des Wortes „rutschen“, während die anderen eine elegante Leichtigkeit ausstrahlen.

Also ohne mich! Ich weigere mich zu rutschen. Und ich mag es einfach nicht hören, dass man mir „einen guten Rutsch" ins neue Jahr wünscht, auch wenn es nur eine Verballhornung des jiddischen „Rosch" sein soll. Ich möchte nicht rutschen, sondern mich mit Geist, Seele und Leib grundsätzlich kontrolliert fortbewegen, und das beim Übergang in ein neues Jahr erst recht.

Es würde mich freuen, wenn man mir ein gesegnetes neues Jahr wünschen würde – ja, so hohe Ansprüche möchte ich stellen, es bei „glücklich" nicht bewenden zu lassen, obgleich mir das in unserer Zeit des Rutschens auch schon gefallen würde. Ja, es dürfte das Wort „gesegnet" sein – ein Wort, das vielleicht belächelt wird, weil es abhanden gekommen und verscharrt ist im Schutt einer verflachenden Sprache.

Aber wer das nicht mag und es deshalb nicht über die Lippen bringt, mir ein glückliches oder gesegnetes neues Jahr zu wünschen, der kann mir einfach kernig und handfest ein gutes neues Jahr zurufen. Das ist beinahe nichts sagend, aber hundertmal angenehmer als jene Aufforderung zu einer Art der Fortbewegung, der ich beim besten Willen nichts, aber auch gar nichts abgewinnen kann.

Und zum Schluss eine gar nicht zu abwegige Frage: Sind wir uns bewusst, dass wir zwar leichtfertig in ein neues Jahr rutschen können, aber auch dahin, wohin wir gar nicht wollen? Ich meine, es vielleicht gar nicht mehr überleben?

„Siehe, wie Handbreiten hast du meine Tage gemacht, und meine Lebensdauer ist wie nichts vor dir; ja, nur ein Hauch ist jeder Mensch, der dasteht“ (Psalm 39,6). So passend drückt es die Bibel aus, die heute so aktuell ist wie gestern. Nicht einmal einen einzigen Tag und nicht die nächste Straßenkurve überschauen wir. Das ist ein Wort zum Nach-Denken. Grund genug, endlich stillezustehen und sich darüber klar zu werden, wohin die Reise eigentlich geht: entweder mit Gott versöhnt in die Glückseligkeit oder gedankenlos ins Verderben. Das ist doch ein ernstes Entweder – Oder, nicht wahr?

Bibelstellenverzeichnis

Bibelstellenverzeichnis

Weitere Titel von Friedhelm König

Der uns den Sieg gibt
13. Auflage, 240 Seiten, Taschenbuch, Euro 2,¬

In flüssigem Stil werden in diesem anspruchsvollen evangelistischen Buch zehn aktuelle falsche Behauptungen widerlegt, mit denen der Teufel den Menschen Lügen statt Wahrheit verkaufen möchte. Der Leser wird auf den hingewiesen, der uns den Weg aus der Lüge, der Sinnlosigkeit und Zerstörung hin zu neuem Leben zeigt.

Die verschwiegene Wahrheit
– The Point of No Return –
7. Auflage, 117 Seiten, Taschenbuch, Euro 2,¬

Wenn ein Flugzeug eine gewisse Strecke über den Atlantik geflogen ist, erreicht es den „Point of No Return“: dann, wenn der noch verbleibende Treibstoffvorrat den Rückflug unmöglich macht. Auch im Leben jedes Einzelnen gibt es einen „Point of No Return“ – den Punkt, von dem an es keine Rückkehr mehr gibt. Dieses ansprechende evangelistische Taschenbuch ruft zur rechtzeitigen Umkehr auf.

Du bist gemeint
Denk*anstöße* in Kurzgeschichten
24. Auflage, 208 Seiten, Taschenbuch, Euro 2,¬

In diesem Buch wird klares Evangelium spannend und aktuell dargeboten, so recht zum Lesen, Vorlesen und Verschenken. Mit unbestechlicher Prägnanz wird hier die heute besonders gern übersehene Frage nach der Ewigkeit gestellt. Es ist die alles entscheidende Frage, ob Jesus Christus auch mein persönlicher Retter und Herr ist.

Kostenlose Verteilhefte

- O **Das ist ganz sicher** 22. Auflage, 40 Seiten
- O **Vorsicht, Rechenfehler!** 20. Auflage, 56 Seiten
- O **Sind Sie wirklich informiert?** 19. Auflage, 64 Seiten
- O **Kein Unterschied?** 8. Auflage, 64 Seiten
- O **Die Justitia am Rathaus** 24 Seiten

Kostenlose Verteilschriften (4- oder 6-seitig)

- O **Schon gewusst? Es gibt nur 3 Arten von Atheisten!**
- O **Die Stunde X in Ihrem Leben**
- O **Ein offenes Wort**
- O **Bußgeldbescheid**
- O **Gute Reise**
- O **Zeig mir den Weg**
- O **Wählen Sie richtig**
- O **Die ganz große Gabe**
- O **Der Weg aus der Krise**
- O **Das Wunder von Chile**

Alle Titel sind zu beziehen bei:

Christliche Schriftenverbreitung
An der Schloßfabrik 30
42499 Hückeswagen
Tel. 02192/92100
Fax 02192/921023
www.csv-verlag.de
E-Mail: info@csv-verlag.de